KB011923

발자국에 피는 꽃

발자국에 피는 꽃

정지연

시

수필

문학나무

│ 작가의 말 │

오래전부터 쓰고 발표해온 시와 수필을 책으로 엮게 되어 감회가 새롭다. 작품에 대한 발문을 써주신 제병영 신부님, 우한용 교수님, 이승하 교수님, 《문학나무》 편집진에 깊은 감사를 드린다.

정지연 시 ᛁ 인생은 미로

차례

2부 **조롱박**

3부 **그루터기**

4부 **달무리**

정지연 수필 | 대지와 물

발문

차례

정지연 시

ㅈㅓㅇㅈㅣㅇㅕㄴㅅㅣ

인생은 미로

1부 덩굴장미

소묘

깊은 산 절벽에 피는 꽃은
호올로 피어서 더 고와라

깊은 산 절벽에 피는 꽃은
바위틈에 피어서 더 고와라

깊은 산 절벽에 피는 꽃은
하늘이 가까워 더 고와라

삶 1

흔들리는 촛불
몸부림치는 그림자여
탓하지 말라
열린 틈서리로
운명이 들어오느니

여로

어디에 감기고 있을까
온갖 무늬와 형상으로 짜여지는
시간의 끄트머리는

땀과 노래
올올이 물들이며
쉼 없이 베를 낳는
우리의 삶

어제보다 오늘
더 고운 무늬 새기려고
마음 등 닦아내는
길쌈의 여로

어떻게 감기고 있을까
내 삶이 엮는

피륙의 끄트머리는

나는 바보

물소리 바람 소리
저마다 예술인데
내 노래는 어느 때
깊은 잠 깨어날꼬

귀양살이

어항의 물고기야
네 고향은 어디
뜬 눈에 어리는 눈물
출렁이는 파도 소리 들리느냐

드넓은 하늘
펼쳐진 길 있어도

너와 나는
유배지에 선
물과 뭍의 이방인

모란

앞마당 모란은
향기도 그윽해라

못다 핀 봉오리
많이도 남았는데

비바람은 어인 일로
저리도 서두는고.

덩굴장미

한겨울 울타리에
쓸쓸히 기대서서
앙상한 줄기에는
가시만 돋쳤더니

오월의 문을 열고
찬연히 피었구나
가비여운 나래 펴고
찾아온 고운 나비

향기로운 꽃술마다
꿈을 심는 이 한 날을
시들지 않은 올에
매어나 두고 지고.

귀향 여정

떠나도 돌아와도 말없이 푸른 솔숲
반겨줄 옛 벗은 문 전 문전 간 곳 없고
뒤늦게 찾은 걸음 삘기 꽃 희였고나

청개구리 울음 울어 녹음은 짙어가고
망울진 꽃봉오리 연못에 잠기는데
무엇을 건지는지 한가로운 태공님네

무성한 풀밭으로 서성이는 바람 소리
발 익은 마을 길은 예대로 남았는데
밟아갈 길 없어라 떠오르는 그 시절.

가을 스케치

여름내 무더위 나르던 구름
지금은 어디 기슭 쉬러 갔는지

가을빛 그득한 여막재(廬幕岾)들 밭
이야기꾼 솔바람 살랑 걸음에
콩밭 두렁 수수목 해뜩이 웃고

꾀바른 참새란 놈 돌이질 할 때
푸른 쌈지 속속들이 영그는 가을

가을밤

단잠에 취한 꿈을 부르는 듯 깨어보니
철 이른 가을 섶에 에어드는 벌레 소리

공연히 울적하여 문 열고 내다보니
분꽃 핀 마당 가엔 쉬어가는 달그림자

스산한 가슴으로 마주 뜨는 별 하나
무슨 말을 하는지 반짝 반짝거리네

고향 생각

참새들 무슨 일로
저리도 지저귈까
하늘 가득 떼지어
논밭을 덮쳐 올 때
허수아비 부릅뜬 눈
쫓으라 세웠는데

도회지 좁은 뜰에
외로운 목련 그루
왁자한 들레임도
동무인 양 반가워
날아가면 아니올까
곁에 두고 싶은 마음

살 풋 이는 바람에도
뼈 시린 가을 아침

주름진 외양인데

마음은 한껏 어려

새록새록 짙어라

고향으로 가는 생각

고추장

정성 들여 담근
고추장 항아리에
염치없이 들어앉은
곰팡이꽃

네 주제를 알아야지!

땡볕에
뚜껑을 열어 놓았다
검은 속성엔
빛이 약이지

약수터

주야로 솟아나는
산속의 정한 샘물
오시라고 졸졸졸
가시라고 졸졸졸

바람이 들러서 가고
구름이 쉬었다 가고

알몸을 드러낸 가지에는
간밤에 피워낸 눈 시린 설 꽃
오늘도 가무는 마음 적시러
호젓이 찾아온 관악산 기슭

삶 2

갈한 목 축이려
물가에 앉으니

아닌 용이 나타나
맑은 물 흐리누나

그나마 마셔볼거나
마음인들 흐릴까.

봄날

세파에 시달린 산길에도
연분홍 진달래는 흠 없이 피고
고향을 떠나온 빈 가슴에도
봄볕에 실려 오는 꽃바람 소리

시인의 삶

우주에 시 들고
시 속에 우주 들어
시인의 마음은
천국이로다.

11월 장미

어느 가슴에
뿌리를 내리었기에
너는
그 진한 핏빛으로 피어 있느냐

봄, 여름
흐드러진 꽃 숲 다 보내고
뒤늦게 받아 지닌
주 하느님의 은총

아마도 너는
신께서 아껴두신
한 점
진하디진한
사랑이었나 보다

서리 아침 담장 위에

붉고 고운 뺨

겨울이 주춤 발을 멈춘다.

삶 3

대낮에 얻은 갈증
한밤에 축여지오.

빛과 구름 사이
이슬로 스러질 몸

쉼 없는 세월 속에
여위며 살아가오.

2부 조롱박

기다림

그대여

그대여 정녕
오시려거든

기름이 다하는
나의 창가에

꺼지지 않는
하나

별로 오셔요.

아무렴

이름 없는 돌이라
얕보질 마오

화공의 눈에 들면
명화도 되고

석공의 눈에
들면 보물 된다오.

그날

가거라
사슬의 세월

태양은 늪에 빠지고
긴 긴 밤
작은 별 하나
뜨지 않으니

해마다 겨울이
봄을 해산(解産)하여도

아!! 아!

염원의 날은
오지 아니하였네

가거라
고리 잇는
사슬의 세월

그 오랜 진통뿐인
빗장을 열고

우레에 몰린 먹구름이
무지개 속으로
사라지듯이

봄 곁에서

나간 집 헛간처럼
쪼로록 고동치는 뱃속처럼
덩그런 들판에 내려
자운영 붉은 논배미 타고
태깔스레 오시던 봄

고무신짝 떨어진 것
삼베 고쟁이 떨어진 것
부부간에 싸우다가
비녀 꼭지 떨어진 것

신명 난 엿장수 가위질에
봄이 잘려 나가면
찔레꽃 향기 속으로
황금 수염 나부끼며
삼사월 허기를 메우라 손짓하던

산 너머 보리밭

지금은 가파른 고개 없이
수평으로 이어진 문명의 뜰에서
청모죽(靑麰粥) 한 그릇이 생각남은
분재에 쉬어 든 도회의 봄에
그 배고픔처럼
마음이 고픈 때문일까.

*방통대 문학상 시 부문 수상작.

허무

가을 잎 지는 소리
헤이다 떠난 꿈길
그리운 언덕에는
들꽃이 마냥 곱고
먼 산 새소리도
한가로운 봄이었네.

산 너머, 강 건너
안고 온 꿈 하나
찾아든 갈바람에
이제금 열고 보니
구름만 바람만
가득히 담기었네.

만추

나뭇잎들이
석별의 정을 나누는
겨울 문턱

설원에서 보내온 편지는
낙엽 위에 은빛
서리 되어 덮이고

하느님이 내려주신
귀한 열매들
가을마당에 들여놓고

서둘러 떠나는 뒷모습
아련히 멀어지는 아쉬움에
겨울이 오는 길머리를
서성이고 있다.

인생은 미로

길의 끝을 모릅니다.
앞서가는 사람이
가던 길을

어제도
오늘도

그냥 따라서 갑니다.

수험생 아들

연필을 쥔 채
잠이 든 우리 아들

무슨 꿈을 꾸는지
꿈속인들 편히 쉴까

잠자던 새벽 별은
하나둘 깨어나고

온밤 지새우는
머리맡 작은 등불

교과서 갈피마다
고뇌가 서리었네

목련

피워낼 기쁨 안았기에
엄동설한 긴긴 아픔
고고한 향으로 모아 쥐고

눈 덮인 흙 속의 가는 뿌리들
가지마다 학의 꿈
키우는 한절(寒節)

그리운 외할머니

외할머니 기침 소리에
가을이 깊어갔다.

젊으신 날 남편 여의시고
전쟁에 외아들마저 앗기신 후
애통하다 얻으셨다는 해수병

앉은 채로 밤을 지새우실 땐
창호지에 새어드는 달빛도
나뭇가지 흔드는 바람 소리도
도란도란 벗 삼으시던 외할머니

막가는 계절이라 쓸쓸하다 시며
창백하신 얼굴 가득 어리시던 우수
하나 남은 딸자식 의지 삼아
수백 리 타관으로 떠나오신 아픔

철없는 우리가 어찌 다−

질화로에 남은 불 다독이시며
쉬엄쉬엄 들려주시는 옛이야기에
짚 눌 위로 휘몰아치던 서릿바람도
처마 밑 참새들도 잠이 들었다.

지금은 여막 재 양지쪽 언덕
앞세우신 아드님 곁에 두신 묘소
먼 산모롱이 돌아가는 기찻길 따라
고향으로 가는 남행 열차에
많은 사연을 띄우시려니

들국화 무더기로 피운 가을날
꽃상여 타고 오르시던 길
지는 해 돋는 해에 세월은 가도

소나무 비켜선 산소길 따라

들국화는 올해도 곱게 피었다

해변의 바위

슬픈 눈매 씻으려
예에 섰느냐

시름 덩이 보내려
예에 섰느냐

말도 없이
미동도 없이

인적도 없는
이 해변에

삶 4

대문 앞 정겨운 개울 물소리
달님도 해님도 쉬어가더니

때아닌 늦장마에 성난 물굽이
집도 터도 삼켜버렸네

둥지를 덮치느니 홍수뿐이랴
가라앉는 앙금 닦아가는 삶

수석을 바라보며

널 데려온 건
내 욕심의 소산

낯선 시간에 갇혀
파도 소리 물새 소리
얼마나 그리웠을까

햇수로 십수 년째
좌대에 널 모셔놓고
보물이라 귀히 여긴들
네게 무슨 기쁨이었으랴

바람, 구름, 별님에게
고향 소식 들어보랴
옥상에 올려보아도
네 몸엔 먼지만 쌓이고

〈

저마다 제자리에 머물 때

빛나고 아름다운 것을

이제야

귀향 채비를 서두르며

들인 정 차마 끊기 어려워

자꾸만 쓰다듬는

검정 돌 하나

토막일기

도시의 밤
거리마다 번쩍이는
붉은 진창

힘에 겨운 무게
눈만 뻥한 짐승이여
꺾인 날개

쉼 없이 몰려오는
겹겹의 파도는
왜?
무슨 연유이뇨

바람 몰린
나뭇가지 사이로
긴긴 겨울을 건너는

네 이름은

마음 둘 곳 없는
창백한 쪽 달

마음의 고향

괴로울 때 떠오르는 어머니
자줏빛낭자머리 은비녀 위에
백발의 관 얻으신 어머니

빈 마음 안고 찾은 고향길
흰 세비꽃 모여 핀 아버지 묘소

어느 손길에 찍히었는지
낯익은 소나무 옹이마다
방울방울 엉긴 침묵 덩어리

하늘로 팔 벌린 가지 끝으로
티 없이 돋은 새움 풍기는 솔향

빛 아래 상복 입는 그림자 되어
비워도 채워도 수평 잃은

삶의 멍에를 매고

눈금 없는 접시저울에
하늘을 올려본다.

만경벌

소나기 한둘 금 지나간 들판
눈부시게 쏟아지는 햇살을 타고
연둣빛 나락 꽃이 우무레 핀다.

여치(立秋)

따알깍 따알깍 꽃동네에서
풀 섶의 아씨들 베 짜는 소리
봉숭아 맨드라미 한 올씩 엮어
겨우살이 서두느라 베 짜는 소리

조롱박

울타리에 주렁주렁 조롱박뎅이
가지마다 동글동글 복이 열렸네
배가 볼록 튀어나온 조롱박뎅이

3부 그루터기

운명

의사를 무시한 채
번갈아 드나드는
풍랑과 고요

빗장 없는 문전
세워둘
파수꾼 하나 없으니

무력은 나의 방패
고초는 나의 스승이라네.

어머니의 세월

사시사철
시골 버스 정류장
그 자리에 혼자 서서
한쪽 방향 응시하고 있는
뉘네 어머니

새벽부터 저녁까지
꾹 다문 입술
남루한 입성
공허한 눈동자

6 · 25 전쟁통에 떠나보던 외아들
금방 올 것이라며
도착하는 버스마다 확인하느라
다가섰다 물러섰다 쉼 없는 세월

언제쯤일까?
기다림의 문, 열릴 그날은…

철 따라 옷가지 장만해 놓고
그 아들 집에 돌아오는 날
돼지 잡고 동네잔치 벌이겠다며
벼려 온 순간순간이 한평생이라네

아픔과 그리움만 거듭된 세월
이제는 근력이 따르질 않아
사철 방 안에 들앉았지만
아들 향한 그리움은 더욱 젊어져

금방 문 열고 들어올 거라며
발소리 날 때마다 귀를 세우고
눈뜨면 대문만 내다본다네.

가을 관조

나무들이
수줍음에 떨며
단벌옷을 벗어야 하는 때입니다

나무들은
겨울 속에서
여름 내내 감아둔
비단실 꾸러미로
봄의 축제에 내놓을 꽃 봉지들을
그 섬세한 솜씨 엮어
수놓을 테지요.

귀뚜리와 함께 글을 쓰는 이 밤
여드레 반달은 짝을 찾아
서쪽으로, 서쪽으로 저어가고
내 마음은

덧없는 그리움으로

기우는 가을을

저어갑니다.

나뭇잎 지는 소리

그 어떤 악기로
저토록
고아한 소리를 내게 하리오
생을 마무리 짓는
신의 탄주
달이 이울도록
이따금 스치는 센 바람결에
우수수 우수수
흩날리는 잎새들이여
텅 빈 삶
외로운 사람들 모두
까닭 모를 그리움에 휩싸이리라
단풍과 낙엽이 주는
고독감마저
더없이 소중한
가을이여!

본당의 날 축시

주님, 신록이 눈부신 오월입니다
골목골목 담장 너머로
성모님 미소가 피어납니다

어둠 속 헤매는 저희 영혼은
크나큰 주님 은총으로
오늘도 새 아침을 맞이합니다

빛으로, 때로는 천둥으로
우리 곁에 오시는 주님
이리저리 흔들리는 저희 걸음은
당신의 오랜 아픔입니다

하늘의 뭇 별들을 지나
이름 모를 풀잎 사이로
발자국도 없이 오시는 주님

〈
이끼 덮인 돌 하나
한 점 이슬도
당신이 주신 선물입니다

본당의 날, 오늘 이 자리
저희 모두 한마음으로
정성 모아 감사 기도를 바칩니다.

궂은날의 추억

들 논 뜸부기
벼포기에 숨어 울던 날
논배미 물꼬마다
모여들던 송사리 떼

새로 사 둔 대소쿠리
몰래 꺼내 들고
단숨에 내달리던
도랑 길 논두렁 길
어머니 꾸지람은 뒷전이었지

뜸부기는 먹이를 잡고
우리는 먼 훗날 돌아볼
색동추억 건지는 줄
동무들도 나도 모르던 시절

저녁 짓는 연기

피어오르는 해거름

흠뻑 젖은옷 덜덜 떨며

맨발로 들어서던 주멍골* 대문대문

불벼락 쏟아질까 으스스했지

이제 꾸중하실 부모님도 없고

그 들 논… 그 마을 길… 그 어린 날…

어머니를 지나

할머니가 되어버린 지금도, 나는

마음은 다팔머리 뜀박질하네.

*주멍골 : 주머니골

어떤 장날

닷새 만에 서는 솜리(익산) 장날
돼지 새끼 한 마리 둘러매고 돌아오는
건넌 마을 아저씨

자식 놈 공부시킬 밑천이라며
망고 강산 팔자타령 흐드러진 방천 둑
비틀걸음이 사뭇 위태로운 건
쌈짓돈 털어 막걸리를 자셨기 때문

곤드레만드레 눈치챈 도야지란 놈
용케도 망태 아구리를 폴짝 뛰어내렸다.
'웬 우리가 이렇게 넓으냐'
허허벌판으로 냅다 달아나는 쾌커!

'네롱네롱 꿀꿀… 네롱네롱 꿀꿀…'
코를 땅에 박았다 빙빙돌다 껑충 뛰다

잡힐 듯 달아나고 또 달아나고…
에고, 에고, 논두렁이 울타리였으면 좋으련만

신작로에서 자꾸만 멀어지는 돼지와 아저씨
한 뼘쯤 남은 해는 기다려주지 않고
쫓고 쫓기는 두 발과 네 발
먼 데 마을 개 짖는 소리…
도깨비불 번쩍번쩍.

이 봄도 나는

하나를 지키기 위해
수없이 죽어야 하는 나

고통 속에서
서툰 솜씨로 대적하는
나와 나의 몸부림

날 선 이성으로
잘라버린 꽃들

파수하는 별로 떠오르리
승화의 무덤 열리는 그날.

나의 오월은

목련꽃 피었다 져버린 뜰에
붉은 장미 화환 드리운 오월

가지 끝에 사알랑이는 미풍도
향기에 취해 잠이 든 꽃 숲

계절의 청춘 오월이여

해마다 실어 오는 꽃수레에
나의 오월도 실어다 주렴.

산소

아버님 산소에 붉은 백일홍
옛이야기 담아 곱게 피었네
하고픈 말 많고 많은데
만나 뵐 그날 언제쯤일까.

가을 속의 어머니

연옥빛 가을 하늘 한 자락 잘라내어
겨울이 들지 않는 옷 한 벌 만들어서
그리운 어머니께 보내어 드렸으면

바람이 나래 접고 구름도 지운 날에
은하수 이슬 뿌려 보름달로 다리어서
부부인 영화인 듯 입으시게 하였으면

억만년 늙지 않는 해와 달 벗하시며
들 건너 신작로에 자동차 갈 때마다
말없이 내다보실 가을 속의 어머니.

아버지의 회상

아버지
비 오는 날이면 생각나요
도롱이를 입으시고
논두렁 밭두렁
물꼬 돌보시느라
맑은 날보다 더 바쁘시던…

손톱 발톱 멍들도록
흙을 가꾸시던
그 들녘, 그 논배미
실바람 도랑물도 그립습니다.

어느 해던가요?
거듭되는 가뭄,
한 모금 이슬조차 아끼느라
잿빛 구름은

밤마다 하늘을 가리었지요.
모든 꿈이 타들어 간 전답에는
온갖 잡초만이 무성하고

조부모님 함께 살던
열 식구 우리 가족
아버지 한숨에 우수수
뒤꼍 가죽잎 떨어지지는 소리
겨울은 속절없이 북풍을 몰아오고…

아버지,
지금 시골에는 모내기가 한창이래요.
부지깽이도 설친다는 유월이 가고
김제 벌 만경창파 어정칠월 찾아오면
아버지께서 그토록 아끼시던 나락 꽃이
하늘 가득, 들판 가득 피어나겠지요.

지난밤 꿈엔 젊으신 아버지를 보았어요.

기침도 안 하시고 일도 안 하시고…

근심 한 점 없는 모습이었어요.

아버지, 고통도 이별도 없다는 그곳,

훗날 제가 그곳에 가면

다시 한번 살아 볼 수 있을까요?

어린 시절 그 꿈속 그 만큼에서요

향수

원추리 노란 꽃 수놓은 동산
서녘은 넓은 들 초록빛 물결

잠자리 떼 술래 잡는 방죽 도랑길
김매는 농부님 허리춤에는
비지땀 흥건히 고이는 한낮

한가로이 저어오는 남풍을 타고
꼬끼요~ 꼬꾜 꼬 꼬꼬댁~
울타리 넘나드는 닭 울음소리

음매~에~ 음매~에~
방천 둑에 놀러 온 송아지 노래

앞산 머리 물안개 피어오르면
토란 잎 우산 쓰고 놀던 고샅길

뒤돌아 가고픈 그때 그 동네

사람도 시절도 가고 없으니
오락가락 글썽이는 소나기구름
가슴에 밀려오는 유월의 향수

잃어버린 봄

마음 둘 곳 없어
마주 보는 하늘과 나

외로운 가지에는
꽃망울도 눈물인데

공들여 피운 봄을
지우려 이는 바람

봄일랑 그냥 두고
내 시름 가져가오.

그루터기

독세기 꽃 질펀한
내 고향 들녘

개구리 노랫소리에
여름이 깊어지면

새파랗게 들어찬
벼 포기 마을
구석구석 들어앉은
우렁각시가
해마다 풍년을 가꾸곤 했지

까치밥을 캐느라
진흙투성이 종아리를 하고
꿈 많은 도회지의 하늘을
바라보던 시절

〈

빌딩 숲 하늘 닿는

아스팔트 위에 선 지금

그 유년기를 어루만지며

떠나온 하늘 쪽을 돌아다봄은

어디로 오는 심사 이런고.

불면

잠 못 이루는 밤
몇 날인고
검은 이불자락 당기며
서녘으로 드러눕는 태양
오늘도 부럽구나…

별아!
너는 어인 일로
지새느냐
어쩜 네게도
잠 못들 사연 있더냐.

개살구 지도자

그대는 오늘도
그 능변으로
자신을 죽여가고 있구나

조명의 찬란한 광휘에
마비되어버린 신경

아스팔트 위를
질주하는 그대여

영 안을 흐리는 풍요의 온실은
홀연히 무너질
모래톱이어니
장신구를 벗고 닻을 올리자
새 아침이 열리는

그곳을 향해

4부 달무리

그 아줌마

과일 사세유~
골목길 돌아드는
귀에 익은 목소리

그을린 얼굴
봉지마다 너털웃음
덤으로 담아주며

자가용 들앉은 골목길 따라
휘청휘청 불안한 낡은 손수레

세우면 뒤뚱이는 두 바퀴 타고
따라만 다니는 건
무례한 가난

땀방울 구슬 되어 담겨지이다.

둥글고 넉넉한 아줌마 하루

어쩌다 안 오면 기다려지는
어제도 오늘도
과일 사세유

마음은 그곳

방죽 너머 산기슭
밀, 보리밭
가랑비에 머리 감고
윤기 내던 봄

남풍이 오월의 문을 열면
쏟아져 날아들던 쑥꾹새 소리

한나절에 닿는 길이
천린 듯 멀어
함께하지 못하네
오늘도 몸은.

유배의 삶

인적 드문 곳으로 가고 싶소
새소리 물소리 평화로운 곳
토담집에 방 한 칸 들이고
삭정이 주워다 군불 지피며
새들과 나무와 벗해 살려오.

야망

쌀에서 나온 바구미란 놈
안방으로 길을 잡는다
오던 길 되가면 노적인데
길을 잃었는가, 외고집인가

안으로, 안으로
장롱을 기어오르다
미끄러지고 또 미끄러지고

애야,
네 구덕에 그냥 살지
뭘 바라고
헛된 길을 고집하느냐

가르칠 수도 없는 미물이기에
하는 양을 물끄러미 보고만 있다.

고향

참새도 그늘 찾아 쉬는 복더위
마음만 다녀오는 내 고향에는
풍년이 반 고개 넘었더라고,
참새야! 참새야! 미운 참새야
너는 언제 다녀왔니? 그리운 고향

내일의 노예

내일에 매인 나는
내일의 노예
동행을 요구한 나이는
덧셈만 배워온 수학자
가도 또 가도
벗어날 길 없는
내일에 매인 나는
내일의 노예

달무리

베등거리로
가린 여름
모깃불 당겨놓고

멍석 마당 한 자락에
도란도란 들앉으면

헛간 지붕 박꽃은
달님 보며 피어나고

가뭄 날 별자리는
물먹느라 끔뻑끔뻑

은하수 총명할 제
반짝이던 고운 꿈들

이제금 돌아보니
오락가락 빈 하늘뿐

고향 집 떠나온 지
어언 반백 년

달무리 진 이 밤에
더욱 그리워.

옆집 에어컨

섭씨 35도를 데우는 혹서에
옆집 에어컨 방귀 소리는
아궁이 풀무질 소리

우리 아이들 공부방에 목을 내놓고
함부로 토해내는 후덥지근한 열기
어쩌다 신선한 바람 한 점 들러가련만

남의 집 에어컨이 불침번을 선다.
하늘에선 불 때고
땅에선 달구고

아! 여름이 겹으로 둘린 우리 집

왜 하필

난생처음
친구 따라
예배당에 갔다가
멀쩡한 고무신만
도둑맞고 맨발로
돌아왔다는

격동기를 건너오신
우리 아버지 소싯적 추억.

늘 하신 말씀
"착하게 살면 된다.
예배당 안 가도 천당 갈 수 있어."

아! 그 무정한 도선생,
예배당을 통째로 삼켜버렸다

제 몫의 삶

조상 대대로 보초를 선
우리 집 대문 앞 가시울타리

뾰족뾰족 팔 벌린 가지 사이로
새하얀 가시 꽃 피어날 때면
알록달록 날아들던 호랑나비 떼

현란한 날갯짓에 정신이 팔려
요리조리 다가가 붙잡으려 해도
내 등에 매달린 젖먹이 동생
철떡한 내 등허리만 오줌 밭이었네.

한 발짝만 잽싸게 내달아가면
곧장 손안에 넣을 것 같아
달려가다 숨 고르다 물러서던 나

내 유년기 옭아맨 동생도 나도
어언 팔순을 바라보는 나이

호랑나비 술래 잡던 그때 그리워
빈 몸으로 그 자리 돌아와 보니
가시 울타리는 흔적도 없고

예 살던 우리 집엔 누가 사는지
대문마저 잠긴 채 인적도 없네

뛰놀던 고샅길 둘러보아도
동갑쟁이 살던 그 옛집에는
낯익은 뒷간 지붕 박 넝쿨도 없고

모두가 밟고 떠난 고샅길만이
길손으로 찾은 걸음 멈추게 하네.

그리운 메아리 소리

울아버지 들 밭에서 일하시는 날
바지랑대 그늘이 정오를 알리면
점심 채비 바쁘신 어머니 손끝

아궁이 보릿대는 뜨겁다고 후두둑
텃밭 푸성귀 푸짐한 점심상 차림
부용 지서 망루에서 오포를 불면

싸리나무 사잇길로 후담박질 치던 나
토담 밭 건너편 나그메 밭에
땀 흘리신 긴 이랑 시장하실 아버지

두 손나팔 입에 대고
아버지∼ 아버지∼
외쳐 부르면
오 야∼ 알았다∼

〈

봉의산 사청산 모악산까지
덩달아 시샘하던 메아리 소리~

이제는 내가 그 이랑에 서서
불현듯 그리운 메아리 소리~
영원을 울리는 오 야~ 알았다~

망향의 수레

큰오빠는 만들어주고
작은오빠 태워주고
우리 집 대문 앞
왕소나무 숲길 누비던 수레

그 시절 나는
숲속의 신데렐라였네

널빤지에 새끼줄 비끌어 매어
나는 타고 오빠 잡아당기고
미끄러지다 자빠지다 뒤집어지다
그저 좋아 깔깔대는 웃음소리에
산새들도 덩달아 지저귀던 숲길

떡갈나무 사잇길 내달릴 때면
겁먹은 쐐기란 놈 가랑잎 뒤에 숨고

왕 쐐기 놈들한테 혼쭐 난 나는
가랑잎에 몸 닿을까 소스라치고
오빠는 그런 나를 재밌어하고

새끼줄 당겼다 늦췄다 장난질 쳐도
미끄러지는 즐거움에 빠져버린 나,
해가 져도 태워달라 생떼를 쓰고…

저녁이면 새암물에 목욕을 하고
모기장에 들어가 잠을 청할라치면
쐐기에 쏘인 자리 그제야 아파
약으로 발라주시던 엄마 손끝의 된장

왕 소나무, 쐐기 나무 엇갈린 외길
오르고 내리는 우리들의 삶

두 분 오빠 머리에도 내 머리에도
서릿발 내린 계절 앞에서
다시 한번 타고자픈 나무 수레는
되 오는 길 잃어버린 추억의 수레
세월이 끌고 간 망향의 수레

작별의 노래

마른 잎 적시는 차운 달빛 속으로
소리 내어 달리는 센 바람은
어느 이별의 수레입니까?

일없이 들어 올린 높푸른 하늘
갈바람 억세 길에 해가 저물어
술렁이는 단풍 숲 쌓이는 낙엽

차마 떠나야 할 아쉬움을 안고
저마다 빈 가슴 헹구어보라
산기슭 돌아들며 귓속말 이릅니다.

남은 잎이 온통 주저앉도록
밤새우는 풀벌레들 목멘 통곡은
어디까지 따라가는 이별의 노래입니까.

민심

텔레비전을 마당에
내동댕이쳤답니다
엉터리 뉴스 안 보겠다고…
건넌 마을 뉘네 아저씨께서 말입니다.
"심부름 잘한 것도 죄가 됩니까?"
말대꾸도 할 수 없는
TV의 운명이랍니다.
누굴 탓하시겠습니까?
이 엉뚱하게 덮어쓴 TV의 누명
벗겨야 할 책임은
누가 져야 맞는 것입니까?

오늘도 나는

목련잎 지는 밤귀뚜리 소리
온다는 기약 없이 떠나버린 꿈
동백꽃 붉은 듯이 피어있으리
기다리는 문밖에 눈이 쌓여도

잃어버린 자아

오르내리는
삶의 계단

너는 어디로 가는
누구이냐?
가끔은

창 넓은 찻집에서
나뭇가지에 이는
바람 조각을
빈 마음으로 바라보고 싶다

끝없이 긴장하고
숨죽이고
무릎 꿇는 삶

때론 삶을 저만치

아니 멀리멀리

밀쳐놓고도 싶다

내 심연의 고뇌

헹구어줄

내 안의 너는

그 어디쯤에서

잃어진 나를

기다리고 있을까.

무상

하늘과 땅 사이
흐르는 물굽이
인고에 제빛을 잃었어라

레일 없는 철길
종점을 향한 외로운 방랑자

시퍼런 이성 앞에
앗겨야 했던 수많은 봄, 봄

흠모할 열매도 없느니

가을빛 언덕엔
낙엽 줍는 바람 소리뿐

어루만져 보느니

설익은 가슴 하나

그래도 딴은
최선을 다했노라고.

정지연 수필

대지와 물

대지와 물

    우리나라는 축복받은 나라임에 틀림이 없다. 산에는 옹달샘, 마을에는 우물이 있고 방방곡곡 어디라도 몇 길만 파면 맑은 물이 펑펑 솟는다. 지구의 칠십 퍼센트가 물이라지만 목마를 때 한 모금의 물이 없다면 우리는 모두 기력을 잃고 말 것이다. 인류가 강을 끼고 번성해왔다는 사실 하나만으로도 물은 생존 그 자체의 원천임에 두말할 나위가 없으리라.

    수면에 동그라미를 띄우는- 눈부신 물별로 명멸하는- 또는 물안개로 날아오르는 빗방울, 오물더미에 떨어져 하수구로 휩쓸려 나가는 소나기…. 내 고향 김제 벌에 풍요를 안겨주던 방죽 물과 고향 집의 우물을 나는 지금도 간혹 꿈길에서 찾아가곤 한다.

    수도꼭지만 틀면 펑펑 쏟아지는 수돗물 역시 그 덕을 예찬

하기에는 언어가 부족할 따름이다. 하지만 국내외 곳곳의 홍수와 가뭄에 대한 소식을 접할 땐 안타깝기 그지없다. 지구 온난화로 인해 빙하가 사라지고 있다는 사실 또한 우리를 은근히 두렵게 한다.

삼십여 년 저쪽, 술 취한 내 친구의 오라버니는 맑고 푸른 고향의 그 방죽 물에 빠져 그만 숨을 거두었다. 술과 호수의 본질은 다르지 않아도 색깔을 달리한 탓에 그만큼이나 엄청난 거리를 드러냈던 것이다.

우리나라도 머지않아 물 부족 국가가 되리라고 한다. 세계 각국에서 생수를 수입해오는가 하면 오염이 적은 지방의 물들이 이미 상품화된 지 오래다. 이 모두 울창한 삼림과 자연환경을 훼손시킨 결과가 아니겠는가. 해마다 심해지는 황사 현상 앞에선 삼천리 금수강산도 예기치 않은 어느 날 사막이 되지 않을까, 콩알 팥알 염려되기도 한다.

태아를 감싸주는 양수도 다름 아닌 물이며 인류 최초의 대지다. 그런데 언제부턴가 우리 곁에 파고든 '물 먹었다.'는 말! 크게 손해 봤다는 뜻이지만 왠지 언짢고 쓸쓸하다. 한 바가지의 물만 소중히 여길 게 아니라 '말의 쓰임새에서도 물을 존중하자.'고 외치고 싶다. 봄 언덕, 얼음장 풀리는 물소리가 듣고 싶어진다. 그러나 지금은 먼 가로등 불빛 하나가 크리스마스트리를 반기는 엄동설한이다.

차표 한 장

나의 경우 친정에 가는 날 전야는 그 어느 때보다 기쁘고 설레임이 많은 날이다. 그래서 으레 그날은 쉽게 잠을 이루지 못한다. 그뿐 아니라 다음 날 아침 식사까지도 대충 때우게 된다. 평소에 이런 식으로 잠과 식사를 거른다면 지칠 법도 한 일이지만 그날은 오히려 힘이 더욱 솟음은 순전히 마음속에 친정 바람이 들어있기 때문이다.

친정 바람이 무엇이기에 이리도 배부른 것인지를 나는 알지 못한다. 철이 없어서 그럴 나이도 아니요, 나이를 너무 먹어서 다시 어린애가 돼버린 것은 더욱 아닌데도, 사람이란 어린 시절에는 성년의 날을 바라보면서 살고, 이미 성년이 된 이후에는 어린 시절을 되돌아보면서 살게 되는가 보다.

그러기에 화려할 것도, 뭐 그리 대단히 사랑할 것도 없는 그 집을 이리도 그리워하게 되는 것이 아닐는지. 나에게 있어 모처럼의 친정 나들이는 오랜 기다림 끝에 피운 꽃과도 같은 기쁨이다. 거리가 너무 멀어서, 경제적으로 빠듯해서, 혹은 시간이 없어서 꾹꾹 참아온, 말하자면 남편도 자식도 모르게 혼자 삭여오던 그리움.

그래서 친정 가는 날 아침은 밥을 먹지 않아도 배부른 것이다. 많은 사람이 고향의 달라진 모습에 실망을 느낀다고들 하지만 나는 그러지 않으리라. 새마을사업으로 인해 초가지붕들이 울긋불긋 페인트칠을 당했어도, 싸리 울타리와 흙 담장이 회색빛 보도블록으로 다가올지라도 난 대경실색은 하지 않을 것이다. 그곳에 주름투성이의 어머니만 계시면 내게는 족하다.

아직도 굴뚝에 연기를 피워 올리시며 짚으로 불을 지펴 밥을 지으시는 어머니만 계시면 다행인 것이다. 아니 아궁이마저 개조되어 풍성한 연기가 하늘로 피워 오르지 않더라도 어머니만 계시면 다행인 것이다. 당신 자신보다도 나를 더 아끼시는 어머니는 내 어린 시절의 온갖 기억이며, 나 자신도 모르는 내 모습까지도 알고 계신 딕셔너리(dictonary)이다.

종이 한 조각이 주는 의미로서 친정에 가는 날 아침, 내 손에 쥐어진 기차표 한 장보다 더한 기쁨이 어디 있을까 보냐! 기차표는 나를 고향의 어머니한테만 데려다주는 것이 아니라 어린 시절에 꿈을 줍던 고향 동산과 논두렁 밭두렁을 나에게 가져다주게 하는 것이다.

　내 고향 부용역에서 내린 나는 개찰구에서 손에 쥔 기차표를 천국 입장권처럼 역무원에게 내어주리라. 그리고 아직 어린 우리 아이들보다도 더욱 뒤뚱거리며 푸드덕푸드덕 찾아들 것이다. 어머니의 품으로.

동창회

그루터기로 남아 고향을 가꾸던 친구들이 전국에 흩어져 있는 우리를 초대하였다. 지천명이 다 된 나이인데도 고향에 서의 '동창회'라는 한마디에, 들뜬 기분으로 밤을 새웠다. 높 푸른 하늘 쾌청한 날씨 속에 스무 명 남짓한 우리 친구들을 태운 버스는 추억어린 그 길을 향해 서울을 빠져나왔다.

주름진 피부 속에 간직된 지난날들을 떠올리며 설렘으로 가는 소풍 길, 융단 길 타고 날아간들 그보다 즐거우랴! 내장 산 국립공원에 도착하자마자 우린 서로 얼싸안았다. 우리들 의 어린 시절을 기억하고 계신 그 옛날 은사님을 모시게 된 복된 가을 나들이.

가슴 뭉클한 감회가 어찌 나 혼자 뿐이었을라고, 6 · 25 전 쟁의 소용돌이에서 빚어진 아픈 상처들이며, 하늘만 바라보 며 농사짓던 흉년의 쓰린 기억들, 월사금이 밀려 복도에 불려 나와 벌을 서고, 더러는 집으로 쫓겨 가면서도 무엇이 그리도 급해 교장 선생님 사택 울타리 개구멍을 노상 이용했었는지…. 지금 생각해봐도 그토록 유혹적인 길은 세상 어디에도 없을 것 같다.

풍요롭지 못했었기에 더욱 피워보고 싶었던 꿈 송이들! 어둡던 시절을 서로 알기에 만나면 활짝 열리는 마음과 마음. 그러기에 우린 언제라도 하나가 될 수 있는 것이리라.

시장기 도는 시간이 왔다. 여러 날 전부터 현지답사까지 파견 나와 자리를 정했다는, 단풍 숲 사이 잔디밭에서의 점심 식사는 고향 친구들이 손수 장만해 온 애정의 성찬이었다. 이제는 선생님의 꾸지람이 두렵지 않은 때문이었을까. 선생님과 한자리에 빙 둘러앉아 손에 손에 마주치던 유쾌한 건배, 아기 걸음마를 하며 주정하던 친구의 모습.

줄을 서 있는 사람이 너무 많아 케이블카를 태워주지 못해 안타까워하는 고향 친구들 표정에서 진솔한 인간미와 기쁨을 느끼기도 했다. 무례하게도 쇠어 버린 50~60명의 제자 얼굴에서 하나하나 이름을 기억해내시는 담임선생님. 그 시절 우리에게 "꿈 많은 미래의 나라로 가자."고 하시던 예나 다름없이 유머 넘치는 선생님의 타임머신을 타고 그날 하루만큼은 우리 모두 30년 저쪽으로 돌아가 있었다.

매어두고 싶은 아쉬운 시간, 산의 어둠은 서둘러 내려오고…. 다시 만남을 기약하며 주고받은 선물꾸러미…. 직접 농사지어 포장해왔다는 과일이며 참깨, 고구마 등등 살뜰한 친구들의 고향 내음. 그보다 더한 마음이 어디 또 있을까 보냐! 모든 것이 눈물겨운 아름다움이었다. 만나 뵙고 싶었던 은사님을 함께 모시겠다며 중한 약속을 취소하고, 또는 가게 문을 잠그고 달려와 끌어안았던 우리들의 우정, 모두가 자랑스럽고 미더웁다.

나의 사랑하는 계절. 깊어가는 이 가을 속에서 은혜로운 동창회의 하루를 마무리하는 오늘, 감사와 행복의 밤이 깊어간다.

네 자매

해 질 무렵 산책을 하고 돌아오는 길, 갈림길에서 헤어진 동생의 뒷모습을 돌아보고 또 돌아본다. 동생도 나를 뒤돌아보며 걸어가고 있을 것이다. 동생과 나는 거의 매일 산책을 한다. 우리는 누가 먼저 세상을 떠나더라도 오늘을 추억하며 남은 삶을 건너갈 것이다. 나는 먼 나라에 가서도 아름다운 산책로를 만나면 동생을 꽤나 기다리리라.

내 동생은 마술 손을 가지고 있다. 일단 붓을 잡기만 하면 종횡무진 빛을 뿌린다. 온 생애를 문방사우와 함께 하는 동생이 나는 늘 대견하고 자랑스럽다. 내 동생은 낚싯대도 그물도 없이 고기를 잡고, 은하의 별들을 몰아오기도 한다.

동생이 마술 손을 가지게 된 건 우연이 아니려니와 결코 특이한 일도 아니다. 그는 그 손을 얻기 위하여 오랜 세월 뼈를 깎았다. 엄동에도 냉수욕을 하는가 하면 금식과 금어, 밤

낮도 잊은 채 두문불출…. 내면을 할퀴는 지옥 불도 마다하지 않았다. 그의 정신은 오로지 시의 파노라마다.

그는 늦은 밤에도 섬광이 박힌 원고를 쥐고 우리 집으로 날아와 건배를 즐기기도 한다. 햇빛과 바람까지도 세공할 줄 아는 내 동생, 그 신통한 손에 묻어오는 황홀은 시인 동생을 둔 사람만이 누릴 수 있는 행운일 게다. 매장되고 짓눌린 어휘들을 영묘하게 살려내는 그는 정녕 글에 영혼을 팔아버린 외통수 문장가다.

나에게는 시인 동생 말고도 소설가 동생과 희로애락을 넘어서서 무시로 너털웃음을 쏟아붓는 후덕한 내 바로 밑의 동생이 있다. 까닭 없이 울적해지는 날이면 나는 동생들을 만나 허튼 이야기나 풀어제끼며 온밤을 새우고 싶다. 머리칼이 희끗희끗해졌어도 여전히 멋지고 유머러스하고 순수함을 잃어버리지 않은 이쁜 내 동생들! 특히나 꿈속에서도 시를 짓는다고 하는 시인 동생은 분명 스스로 보석이 되어버린 언어의 연금술사다.

우리 네 자매가 한자리에 모이게 되면 와인 잔을 부딪치기도 하고, 각촉부시(刻燭賦詩)를 즐기기도 하며 문학에 관한 이야기로 밤새는 줄을 모른다. 지난번 우리 집에 모였을 적에 나는 이런 시를 지었다.

나는 바보

물소리 바람 소리
저마다 예술인데
내 노래는 어느 때
깊은 잠 깨어날꼬.

감나무

감나무에 매달린 홍시 가족이 근방에 있는 참새와 까치 온 갖 잡새들을 불러들인다. 아파트와 아스팔트로 이어진 도시 한가운데서 새들은 저장해 둔 양식도 없이 이 추운 겨울을 어찌 나는지, 홍시 앞에 마주 앉은 참새 한 쌍이 고개를 갸웃 갸웃 짹짹거린다. 내 어린 시절 우리 할아버지께서도 꼭대기 의 열매는 으레 까치들 몫이라고 남겨 두시곤 했었다.

요즘 나는 콩이며 쌀, 보리 등 잡곡들을 감나무 밑에 뿌려 두기도 하고, 조그만 소쿠리에 담아 가지에 매달아주기도 한 다. 이 귀여운 녀석들을 가까이 사귀어 보려고 딴은 마음을 쓰는데도 번번이 의사소통에 실패하고 만다. 저희들과 눈빛 이 다르다고, 날개가 달리지 않았다고 질색을 하며 달아나 버린다. 가까이 가면 갈수록 더욱더 멀리멀리 도망가 버린 다. 참새들은 아마도 내가 어렸을 적에 새총으로 저희 목숨을 겨냥했던 기억을 여태 잊어버리지 못하고 있는 모양이다.

오늘은 싸락눈이 내리는 동짓달 그믐, 새들이 파먹은 감 껍데기에 석양이 환하게 불을 밝혔다. 관악산 능선이 한눈에 들어오는 우리 집 거실에 앉아 감나무를 벗 삼는 이 시간은 더없이 행복한 순간이다. 나는 새들을 좋아한다. 새들은 대부분 다른 짐승들처럼 먹이를 감춰두거나 영역을 표시하지도 않는다. 그때그때 한 끼 식사로 족하다.

사시사철 스스럼없이 날아드는 까치와 참새들. 겨울이면 홍시 서너 개 맛있게 파먹고 남은 껍질로 등롱 하나쯤 밝혀둘 줄도 아는 깍쟁이 손님. 나는 저 친구들을 볼 적마다 마당에 고향을 들여놓은 것 같아 마음 한구석이 훈훈해진다.

우리 고향 집 뒤꼍 언덕바지에도 언제 누가 심었는지조차 알 수 없다는 해묵은 감나무 한 그루가 세월을 지키며 서 있었다. 아름드리 소나무, 대나무들이 겹겹으로 울타리를 친 그 옛날 우리 집, 해마다 오월이 되면 어디선가 울어대는 소쩍새 소리에 노란 감꽃이 피었다가 또 지고는 했다.

친구들하고 감나무를 타고 놀다가 온몸에 쐐기를 쏘여 혼이 났던 기억도, 쌓이는 눈을 견디지 못해 쩌렁쩌렁 부러지던 대나무들의 비명도, 빠알간 저 감 껍질 속에 모락모락 피어오른다. 편리하고 깔끔한 아파트 생활을 해보고도 싶지만 나는 저 감나무 때문에 이 집을 쉬이 떠나지 못하고, 어느덧 머리카락이 희끗희끗하다. 만일 이 동네가 재개발이라도 되어 우리 감나무와 헤어지게 된다면, 나는 또 오늘의 석양과 새소리와 저 껍질만 남은 감 하나의 풍경을, 고향 집 늙은 감나무와 함께 그리워하며 지나버린 시간을 되돌려놓고 싶어 하리라.

눈 오는 날

그날은 멍멍이까지 뛰어다니며 수선을 피웠다. 펑펑 쏟아지는 첫눈 때문이었다. 아버지하고 할아버지는 토담 밑에 가꿔놓은 김장거리를 뽑아 바작으로 져 나르시는 중이었다. 기관지 천식을 앓느라 방에만 갇혀있던 나는 가풀진 대문 앞을 촐랑대며 들락거리는 멍멍이가 부러워 어른들 몰래 대문 밖으로 뛰쳐나오고 말았다.

엄마가 솜 두어 만들어주신 망토를 뒤집어쓰고 나왔는데도 흩날리는 은가루들이 마구 얼굴로 달려들어 눈 뜨기도 어려웠다. 하지만 왕소나무 숲에서 불어오는 상쾌한 겨울 냄새가 답답한 가슴을 시원하게 뚫어주었다.

"콜록콜록 콜록콜록…."

그날 밤 나는 앉은 채로 새벽을 맞아야 했다. 드러눕기가 무섭게 기침이 튀어나오고 숨쉬기조차 힘들어 벽에 기댄 채로 날이 밝았다. 아버지하고 어머니는 마당에 수북이 쌓인 김장거리 손질하랴, 젓갈 달이고 양념 준비하시랴, 밤을 새우고 계셨다. 엄마는 이따금 부뚜막 샛문을 열고 들여다보시며 내 이마에 손을 짚어보곤 하셨다. '왜 엄마 말 안 듣고 속썩이느냐!' 나무라지도 않으시고.

면장갑, 고무장갑은커녕 내의조차 모르던 시절, 차디찬 어머니의 손끝이 내 이마에 닿기만 하면 숨쉬기가 수월해지는 느낌이었다. 지금 내 나이보다도 훨씬 젊으셨던 우리 어머니! 형제 많은 종갓집 맏며느리에다 병약한 자식까지 돌보시느라 몸과 마음이 얼마나 고단하셨을지. 그런 어머니의 심정을 조금이나마 헤아리게 된 건 어머니를 여의고 난 다음에사였다.

"어버이 살아실 제 섬기기란 다하여라."는 가르침을 수없이 들어왔으면서도 그 심오한 뜻을 새겨듣지 못한 나였다. 생각할수록 불효자라는 죄책감 외에 달리 할 말이 없다. 아버지께서 돌아가신 후 시골에서 혼자 지내시는 게 여의치 않아, 서울 큰 오라버니네로 오신 뒤로는 힘이 없어 보였던 우리 어머니. 어머니가 늘 자랑스러워하시던 큰 오라버니 내외가 한결같이 효자라고 하시며, 여식인 우리에게는 "애들 키우고 살림 살기 바쁜데 안 와봐도 괜찮다."고 말씀은 그리하셨지만 낯선 도회지 아파트 한쪽 방에서, 명절이나 특별한 날 외에는 얼굴도 내밀지 않는 불효 여식을 내심 기다리기도 하셨을 어머니. 임종을 눈앞에 두셨을 때, 친정어머니와 시아버님이 보고 싶다고 하신 우리 어머니. 이별도 고통도 없는 하늘나라에서 그리워하시던 분들을 만나 영원복락을 누리시기를 기도하고 또 기도한다.

내 어린 날 어머니는 잠시도 쉴 틈이 없으셨다. 여름엔 논밭으로, 겨울이면 길쌈하며 대가족의 식사는 물론, 나한테 온갖 약을 구해 먹이시느라 정작 당신 건강은 돌볼 겨를이 없으셨다. "네 병은 홍역 끝에 잘 돌보지 못한 엄마 탓이다." 라고 하시며 일거리 많은 농촌 살림을 원망하시기도 했다.

내 기침이 심해질 때면 아버지는 눈 오는 날을 벼르셨고, 눈에 관한 이야기도 들려주셨다. 일제강점기 말에 징용으로 끌려가, 함경도에서 겨울을 보내셨다는 아버지의 북쪽 이야기는 언제 들어도 재미있었다. 사뭇 눈이 쌓이는 한겨울에 뒤를 보러 갈 때면 마루와 변소에다 걸쳐서 매어 놓은 새끼줄을 휘둘러 뚫린 통로를 이용했노라고 하셨다. 눈이 지붕 닿도록 오기 때문에 그런 방법이 아니고서는 마당 끝에 있는 화장실을 드나들 수가 없었다고 회상하셨다.

난 아버지의 이야기를 들으며 '이곳에도 지붕 닿게 눈이 온다면 얼마나 재미있을까?' 상상해보기도 했다.

"눈만 오믄 가야지, 그 자리는 내가 확실하게 봐놨으닝게."

부모님은 내 기관지 천식이 근심덩어리였다.

"홍역 치르다 얻은 병은 옛날부터 종신병이라던디!"

앓는 나를 들여다보며 겁나는 소리만 내뱉고 가는 마을 아주머니도 있었다. 그럴 때면 나는 얼마나 무섭고 두려웠는지 모른다.

"너는 무슨 약을 써서라도 꼭 낫게 헐 팅게 아무 걱정 말고 밥이나 많이 먹어. 그리야 후딱 낫지. 커가는 아떨 앞에서 못 헐 소리가 없네. 안 낫는 병이 어딨다냐, 밥 잘먹으면 병이란 놈이 무서워서 후딱 도망간단다."

내 심중을 십분 헤아리신 어머니의 위로였다. 김장을 마친 그 이튿날에도 눈은 쉬지 않고 퍼부었다. 뒤뜰에 묻은 김장독이 눈 속에 파묻혀버렸다.

"웬 첫눈이 이렇게나 많이 왔는지 원."

어머니는 미처 거둬들이지 못한 이웃집 김장거리를 걱정하셨다. 이른 아침 외출하신 아버지께서 해거름에야 돌아오셨다.

"죽신리 다 갈 때까지 신작로에 사람 발자국이라고는 하나

도 없드라고. 퇴깽인지 노룬지 신작로 여그저그 짐승 발자국
들만 사방으로 나 있는디 내 원, 첫눈이 그렇게나 많이 온 것
은 생전 즘인 것 같여."

"…."

"잠포록이 바람도 안 불고 눈이 오글래 괜찮을 줄 알았더
니만, 밭 가상으로 몰아다 붙인 눈이 허벅지까지 빠지는 통
에 함바트라면 큰일 날 뻔혔단게. 그 밭두렁에다 말뚝으로
표를 혀놨으닝게 망정이지, 그때 표를 안 해 놨드라면 허탕
칠 뻔혔어."

아버지는 토방에 받쳐놓은 바작에서 시루떡같이 둥그렇고
거무스름한 물체를 마루에다 켜켜로 내려놓으셨다. 종일토
록 방안에서 콜록거리고 있던 나는 문틈으로 바깥 동정을 살
피며 콜록 소리만 내보내고 있었다. 할머니 할아버지는 저쪽
건넌방에 계시고 오빠들은 썰매를 탄다, 참새 잡으러 간다.
온종일 집에 붙어 있지 않았다.

"여그 조깨봐, 이렇게 여러 간다나 쐬얏당게!"

아버지의 얼굴 여기저기가 벌겋게 부어 있었다. 눈길에 점
심도 거르셨을 아버지는 시장하시다는 말씀도, 벌 쏘인 데가
아프다는 내색도 없이 어머니와 함께 벌집을 곧장 부엌으로
들고 가셨다.

137

"죽기살기를 막쓰고 쫓아옹게 안 쐴 재간이 없드라고. 한참 동안을 도망쳐 왔당게. 가덜도 나무랠 수야 없지. 겨우네 먹을 양식인디 안 그러겠어. 따러오던 놈들은 필시 얼어 죽었을 것이여. 거기 남은 놈들은 살 것이고. 차마 다 들어올 수가 없어서 쪼깨 냉겨놨거든. 이것 먹고, 자 병 줄이나 끊어졌으면 좋겄어."

기관지엔 천하의 명약으로 알려져 있다는 그 벌집을 본 어머니는 내 병이 다 나은 것처럼이나 좋아하셨다. 그날 밤, 가마솥 여닫는 소리와 함께 약 달이는 냄새가 온 집안에 배어들었다. 아랫목은 이불을 펴두지 못할 만큼 뜨끈뜨끈 달아올랐다. 아버지는 그 벌집을 오빠시떼집이라고 하셨다. 오빠시떼가 무슨 뜻이냐고 여쭤봤더니 벌 중에서도 제일 사납고 몸집이 큰 땅벌이라고 하셨다. 나중에 알고 보니 오빠시떼라는 말은 일본어였다.

오빠시떼에 쏘이면 목숨이 위태롭다는 걸 잘 알면서도 시오릿길 엄동설한을 헤치고 구해오신 약! 아무튼 나는 그 약을 먹은 뒤에도 좋다는 약을 끊임없이 먹었고, 마침내 불치병이라는 기관지 천식에서 해방되었다. 그런 내 모습을 보시며 부모님은 "너 매인 약을 모두 쌓아놓았다면 산 하나는 될 것이다."라고 말씀하셨다. 기관지에 좋다는 굴비와 수수엿을

사철 마련해 두시던 부모님! 밤사이 설악산에 첫눈이 내렸다는 뉴스와 함께 그 옛날 부모님이 몹시도 그리워지는 아침이다.

아직도 남아있는 한 획

사람은 둘 이상의 눈을 지니고 태어난다. 그 여러 개의 눈은 어떤 상황 속에서도 내면을 직시하며 착오 없이 목표지점을 향해 나아가도록 돕는다. 그 눈들이 만일 분별력을 완전히 상실한다면 어떤 현상이 빚어질까!

나는 내 아들 미카엘과 함께 좀 더 아름다운 미래를 상상하며 천안행 열차를 탔다. 수학능력시험에 이은 예능 실기시험을 치르기 위해서였다. 수도 서울에 살면서 굳이 지방학교를 찾은 건 안정지원이 우선이기 때문이었다. 열차는 입석까지 초만원이었다. 수험생보다도 학부모들이 더 많이 따라나선 탓이었다.

천안역 플랫폼을 빠져나오는 인파는 끝이 안 보일 정도였다. 날씨는 왜 또 그리 험상궂은지 모두가 얼어붙은 표정이었다. 무용·음악·연극·영화 등 예능에 관한 실기시험은 같은 날 같은 시간대에, 미술은 데생과 구성을 사흘 간격으로 나누어 치르게끔 되어 있었다. 그러니까 미대 수험생은 곱절의 고생을 더 해야만 했다.

시험장소를 확인한 나와 미카엘은 미리 예약해 놓은 연탄 아궁이가 딸린 방을 찾아갔다. 두 사람이 누우면 꽉 차버리는, 한 뼘의 공간도 없는 뒷박 방. 밖에서 간단히 저녁을 먹고 돌아온 미카엘과 나는 일찍 잠자리에 들었다. 새벽에 일어나 남들보다 먼저 시험장으로 달려가 줄을 서기 위해서였다.

새벽 두 시 정각, 자리에서 일어나 방문을 열었다. 순간 머리가 핑 돌며 정수리가 빠개지게 아프고 속이 메스꺼운 게 연탄가스를 마신 게 틀림없었다. 마당에 쓰러진 채로 있다가 정신이 든 나는 벌떡 일어나 한바탕 구토를 하고 나서야 방문을 열고 미카엘을 깨웠다. 다행스럽게도 미카엘은 괜찮았다. 아궁이에서 타다 남은 연탄재를 꺼내 쓰레기더미로 내던진 후, 미카엘한테는 좀 더 자도록 이르고 서둘러 걸음을 재촉했다.

남보다 데생하기에 더 좋은 자리를 차지해보려는 일념이었다. 진정코 부지런한 출발부터가 실력에 속했다. 시계는 새벽 세 시를 향해 분초를 다투었다. 버스로 두세 정거장은 족히 되고도 남을 길을, 역시 학부형으로 보이는 한 사람이 저만치 앞서가고 있었다. 아그립바나 줄리앙, 비너스, 아리아스 등 석고상을 바라보는 위치가 합격의 절반을 좌우할 것이므로 그렇게 최선을 다하는 자세가 실제적이며 구체적이고도 확실한 기도에 속할 것이었다.

수험생 입실은 오전 여덟 시 반이었다. 그런데 미카엘은 먼동이 트기도 전에 내 앞에 나타났다. 연탄가스 소동이 잠을 쫓아버린 탓도 있겠지만 딴은 엄마 혼자 보내놓고 마음이 놓이질 않았던 모양이다. 나는 앞에서 두 번째, 맨 앞자리는 한발 먼저 온 어느 여학생 모녀가 지키고 있었다. 옷을 두툼하게 입었는데도 몹시 추웠다.

어릴 때부터 학교 없는 곳에서 살고 싶다던 미카엘, 나 또한 르네상스 시대의 귀족처럼 가정교사를 두거나, '마음대로 학교'가 있다는 선진국으로 옮겨가 살 수 있다면 얼마나 좋았을까 싶었다.

내가 줄을 선 지 불과 10분도 채 안 되어 수험생과 학부모들이 장사진을 이루었다. 학부모를 위해 난로를 피워놨다는 안내방송이 나오자 절반은 그쪽으로 옮겨갔다. 미카엘과 나도 번갈아 난로가 있는 곳으로 들락거리며 줄을 지켰다. 미카엘의 점퍼 주머니엔 주먹만 한 핫패드도 들어있었다. 손이 얼지 않아야 실력을 제대로 발휘할 수 있을 터이므로 그 핫패드 역시 앞서 말한 기도의 일부였다.

눈발 섞인 바람결에 사람들의 머리카락이 나부꼈다. 밍크코트의 아주머니, 물 바랜 점퍼 차림의 아저씨, 각양각색의 사람들이 같은 목적과 희망을 품고 웅성거렸다.

"제비뽑기라도 하면 얼마나 좋겠어요!"

"이런 놈의 일이 있다니요! 교육정책이 바뀌든지 아이를 낳지 말든지, 다른 나라로 이민을 가버리든지 해야지 정말 지겨워서 못 살겠어요."

학부모들이 울화를 내뱉었다. 입시 때마다 수험생이 몰린 학교에서는 해마다 건물 하나쯤은 짓고도 남을 만큼의 원서 대금이 쌓인다는 풍문도 심심찮게 나돌았었다. 그러나 학교 측의 수험생에 대한 배려는 해가 바뀌어도 전혀 개선되지 않았다. 천안이 그토록 입시 대란을 겪었던 건 예술 과목에 있어 무엇보다 실기가 우선이라는 학교 방침 때문이었다.

이번 시험에도 낙방하면 외국 어디로 떠나버릴 계획이라고 이를 악무는 이도 있었다. 돈 없고 권세 없으면 예능은 아예 꿈꾸지 않는 게 상책이라고 했다. 돈뭉치만 있으면 뒷문도 마음대로 열 수 있다는 이야기까지 스스럼없이 튀어나왔다.

"이번이 우리 막내아들 다섯 번째 시험인데 학원비 대느라 알탕갈탕 마련한 전답까지 다 밀어 넣고, 이번에 또 떨어지면 차라리 내 인생을 그만둬야 할 판이요!"

허름한 점퍼 차림의 이 아저씨는 아들이 '죽인대도' 그놈의 미술대학만 고집하고 있으니 이러지도 저러지도 못하는 처지라고 줄담배를 피우며 표정을 일그러뜨렸다.

마침내 교실 문이 열렸다. 줄을 서 있던 학생들이 일시에 빨려 들어갔다. 수험생들한테 떠밀려 하마터면 죽을 뻔했다고 절뚝거리며 나오는 어머니, 복도에서 넘어져 밟혔다고 신음하며 나오는 어머니도 있었다. 나는 다행히 한쪽으로 비켜 있어서 미카엘이 뛰어 들어가는 모습을 어렵잖게 지켜볼 수가 있었다.

국가에서는 아시안 게임이니 88올림픽이니 체육 분야에만 국가 예산을 집중시키고 여타의 교육에는 소홀한 것 아니냐고 분개하는 이도 있었다. 학교 측에서 조금만 신경을 써 주었어도 새벽부터 줄 서는 일은 없지 않겠느냐고 볼멘소리를 내뱉기도 했다. 예능 시험은 수학 능력 시험처럼 전국의 모든 학생이 함께 치르지 않아도 되는 만큼 똑같은 시간대를 피하거나 교실을 좀 더 많이 활용하면 편리하지 않겠느냐고

투덜거리기도 했다.

    나는 초등학교에 다닐 때의 기억이 떠올랐다. 남학생 둘과 나, 셋이서 전국 미술대회에 학교 대표로 참가했었다. 특별히 미술 지도를 받아본 적은 없어도 우리 교실 뒷면에는 으레 내 그림 한두 점이 붙어 있었다. 나는 일주일 내내 연습에 몰두하며 특선의 꿈을 키웠다.

    그런데 아뿔싸! 대회에서 일등은커녕 자존심만 구기고 말았다. 내가 평소에 사용했던 물감을 가져가지 않았던 게 원인이었다. 나는 줄곧 병뚜껑 모양의 물감을 사용해왔는데, 갓 부임해 오신 딴 반 선생님께서 시험장으로 가는 날 아침에, 내가 쓰던 물감은 놔두고 가라며, 자신이 사용해온 아주 좋은 물감이라고 내 의사는 묻지도 않고 선뜻 내어주신 게 화근이었다. 인솔하신 선생님께서도 그렇게 하라고 이르셨다.

    난생처음 만져보는 고급 물감이었다. 사용 방법을 몰라 튜브를 꾹꾹 눌러 물감을 짜내 색칠하다가 옆의 아이가 사용하는 걸 곁눈질해가며 요령껏 색칠해봐도 애꿎은 도화지만 허비하고 말았다. 종이를 한 장 더 구해 노력해봤지만 불운이 한 발 먼저 온 이상 어쩔 수 없는 일이었다.

미카엘이 데생 시험을 마치고 나왔다. 그러나 그 불편한 시험 과정이 한 번 더 남아있었다. 색채구성시험을 치러야 하기 때문이었다. 사흘 뒤, 물감과 물통을 양손에 든 수험생들이 또 그 시험장으로 들어갔다. 학부모들 역시 시험이 끝날 때를 숨죽여 기다렸다.

마침내 수험생들이 하나둘 시험장을 빠져나오기 시작했다. 나오는 학생마다 붓 씻을 때 사용한 큼지막한 플라스틱 물통을 운동장에다 엎어놓고는 꽉꽉 밟아버리고 갔다. 그렇게 물통을 부숴야만 다시는 그 물통을 사용하지 않게끔 철커덕 붙는다는 것이었다.

그러나 합격자 발표 날, 18대 1의 경쟁률은 박살난 물통만큼이나 패자들에게 허탈감을 되돌려주었다. 시험에 수차 떨어졌다는 학부모들은 돈과 뒷배경이 실력이라고, 입시 비리에 대한 불만들을 토로하며 스스로 위안을 찾기도 했다. 그 후 매스컴을 통해 입시부정이 속속 확인되기도 했다.

미카엘은 그 이듬해 지방이 아닌 서울의 대학교, 그것도 본인이 원하는 학과에 당당히 합격했다. 서울에서는 모든 과정이 수월했다. 자리 배정 번호를 미리 나눠줬기 때문에 제자리를 찾아가기만 하면 그만이었다. 위치를 선택할 수는 없어도 학부모와 학생들 모두 편안한 분위기에서 시험을 치를 수가 있었다. 나는 미카엘의 합격 소식을 듣는 순간, 천안 시험장에서 만났던 점퍼 차림의 시골 아저씨가 궁금했다. 전답까지 팔아가며 5년씩이나 미술 과외 뒷바라지를 해왔다던, 그 아저씨!

시험 감독관이 "시간 다 됐습니다. 이젠 붓을 놓고 모두 나가주세요."라고 말했는데 한 획을 더 긋고 붓을 놓았더니 거둬 가지조차 않았다고 허탈해하던 아들과 아버지의 표정. 미술에 목숨을 건 그 시골 수험생, 하루하루가 시험장인 우리의 삶 속에서 그 수험생 부자는 지금쯤 어떤 그림을 완성해 가고 있을지 염려와 궁금함이 이따금 되살아나곤 한다.

막둥이 가브리엘이 군대 가던 날

일이 손에 안 잡혀 내내 집안을 서성이다가 해거름이 다 되어 성당으로 향했다. 어두컴컴한 성전에 들어가 제대 앞에 무릎을 꿇고 엎드려 아들이 군대 생활을 무사히 마치고 돌아올 수 있도록 하느님께서 늘 함께해주시고 보살펴주시기를 간곡히 기도드렸다. 집에 온 뒤에도 마음은 내내 막둥이한테로 가 있었다. 저녁은 먹었는지, 어떻게 하고 있는지, 아들을 군대에 보낸 어버이들의 한결같은 마음일 것이었다. 내가 객지로 떠났을 때, 우리 부모님 심정도 별반 다르지 않으셨으리라는 생각에 이르자 눈물이 핑 돌았다.

큰아들 미카엘은 초등학교 1학년, 둘째 안젤라와 막둥이는 유치원에도 다니지 않을 때였다. 평소보다 이른 저녁상을 마루에 들여놓으며 일렀다.

"엄마는 얼른 시장 갔다 올 테니까 밥 먹고 있어."

집에서 몇 걸음 안 되는 곳에 제법 큰 재래시장이 있어서 여름철에 느지막이 시장에 가면 팔다 남은 반찬거리들을 거의 절반 값으로 사 올 수가 있었다. 이것저것 먹거리 집어넣은 장바구니를 들고 부리나케 집으로 돌아오는 길이었다. 큰애와 둘째가 대문 앞에서 나를 기다린 눈치였다.

"밥 안 먹고 왜 나와 있어?"

네 살배기 막둥이가 밥을 먹다 말고 엄마 따라간다면서 곧장 내 뒤를 따라 대문 밖으로 나갔다는 것이다. 장바구니를 내팽개치고 시장으로 달려가 이 골목 저 골목을 해가 저물도록 온통 다 헤매고 뒤져봐도 우리 막둥이의 모습은 눈에 띄지 않았다. 목이 터지라 막둥이 이름을 부르며 골목골목을 뛰어다니는 동안 바깥은 점점 더 어두워지고 손목시계는 어느새 저녁 열 시를 훌쩍 넘기고 있었다.

밤늦도록 소리소리 지르며 돌아다니는 내 목소리에 온 동네 멍멍이들만 다투어 짖어댈 뿐, 막둥이는 나타나지 않았다. 전지전능하신 하나님께 도우심을 청하며 시장 골목으로 되돌아오는 등 뒤에서 "애기 엄마! 애기 엄마!" 하고 부르는 소리가 얼핏 들리는 것 같아 소리 나는 쪽을 돌아보았다.

웬 허름한 차림의 할아버지 한 분이 골목길 저쪽 *끄트*머리에 서서 "아기 찾으러 다니세요?" 하고 손짓을 해 보이며 내가 다가오기를 기다리고 계셨다. 난 숨도 안 쉬고 달려가 네 살배기 우리 아들을 잃어버렸다고 자초지종을 말했다.

"아까 해 질 무렵이었어요. 서너 살이나 되어 보이는 아기가 그쪽 시장 골목으로 들어가는 입구에서 혼자 울고 있더라고요. 그때 자전거를 타고 지나가던 아저씨가 아기 옆으로 가더니 뭐라고 하고는 아기를 번쩍 안아서 자전거에 태우고 저기 샘표 공장 있는 방천둑 쪽으로 갔거든요. 나는 그 아저씨가 아기 아버지인 줄 알았는데 혹시 모르니까 그쪽으로 한번 가 보세요."

"고맙습니다."

난 숨이 멎을 지경이었다. 그 아저씨가 우리 막둥이를 태운 채 다리를 건넜으면 영영 못 찾게 될 것 같아 내 정신이 아니었다. '하나님! 제발 도와주세요! 우리 막둥이를 제발 꼭 좀 만나게 해주세요. 오늘 지금 찾게 해주세요!' 난 어디서 울고 있을 것만 같은 우리 막둥이를 목청껏 부르며 단숨에 내달아 샘표공장 앞에 있는 방천 둑으로 올라섰다.

강을 가로지른 다리 쪽을 향해 내달리면서 우리 막둥이 이름을 목청껏 불러댔다. 하지만 내 목소리만 허공에 사라질 뿐, 어둠이 짙게 깔려 한 치 앞도 분간하기가 어려웠다. 뚝 아래는 시커먼 강물이 흐를 뿐, 다리 쪽에서 들려오는 건 굴러가는 바퀴 소리와 번쩍이는 헤드라이트 불빛뿐이었다.

'그 자전거 아저씨가 우리 막둥이를 태우고 만일 저 다리를 건너갔다면….'

상상하고 싶지도 않았다, 정신없이 내달아 막상 다리 입구에까지 다가가 보니, '이 다리를 건너가느냐? 마느냐?' 어찌해야 좋을지를 몰라 잠시 멈춰 서 있다가 눈물을 머금고 되돌아오는 길이었다. 한 치 앞도 분간하기 어려운 어둠 속 저만치에서 뭔가 인기척이 있는 것 같아 미친 듯이 그쪽으로 달려갔다.

가까이 다가가 보니 그곳은 사병들이 보초를 서고 있는 군인 초소였다. 군복을 입은 젊은이가 내 발 앞에까지 성큼 다가와 멈춰서더니, 몇 마디 물어보고는 곧장 나를 초소 안으로 안내했다. 우리 막둥이가 거기 있을 줄이야!

"엄마!"

초소 안쪽으로 놓인 좁고 기다란 나무 의자에 겁먹은 표정으로 앉아있는 우리 막둥이를 와락 끌어안은 순간, 온 천하를 다 얻은 기분이었다. 그날따라 남편이 출장을 떠났기 망정이지 만일 서울에 있었더라면 그 모든 게 내 잘못이라고 한바탕 난리를 치를 뻔했다.

그리고 몇 해가 지나 막둥이가 초등학교에 들어가기 한 해 전이었다. 교회에서 매월 한 번씩 챙겨주시는 유년 주일학교 생일 파티가 있던 날이다. 그달에 생일을 맞은 어린이들은 모두 예배석 앞으로 나가 일렬로 나란히 섰다. 한 사람씩 호명해가며 생일 선물과 함께 축하의 말을 건네시는 전도사님께서 우리 막둥이 차례가 되어 묻고 계셨다.

"생일 축하해! 오늘 무척 덥지? 네가 태어났을 때는 얼마나 더웠는지 기억나니?"

"에어컨이 있어서 시원하던데요."

일고의 망설임도 없이 유머러스하게 대답할 줄도 아는 막둥이를 보고 있자니 가슴이 뭉클해지기도 했다. 태어난 지 백일도 채 안 되었을 때다. 갑자기 온몸에 열이 오르고 콜록거리는 걸 딱하게 여긴 이웃 할머니께서 전직 간호사로 계셨다는 분을 우리 집으로 모셔왔다. 주사 한 방이면 금방 나을 거라고 장담하시면서 말이다.

그런데 주사를 놓자마자 온몸에 벌건 발진이 돋아나면서 아기는 눈을 감은 채 다시는 눈을 뜨지 않고 있었다. 축 늘어진 아이를 안고 황급히 달려간 곳은 내가 다니고 있는 ××교회 사택이었다. 아기 이마에 손을 얹어보신 사모님께서 곧장 데리고 가신 곳은 교회에서 멀지 않은 곳에 있는 기도원이었다.

강대상 앞에 아기를 뉘어 놓고 사모님과 둘이서 온밤을 꼬박 새워 기도드린 새벽녘, 발진도 열도 거짓말처럼 사라진 막둥이를 안고 발걸음도 가볍게 집으로 돌아올 수가 있었다.

이제 며칠 안 있으면 막둥이가 훈련소에서 보낸 옷이 집에 도착할 것이라고 한다. 전쟁터로 떠나보낸 것도 아니고, 카투사를 지원해서 갔는데 무슨 걱정이냐고들 하지만 벌써 내 마음은 우리 막둥이 가브리엘이 제대하고 집에 돌아올 날이 언제인지, -손가락셈을 해본다.

바람의 주소

세월이 쏜살같다는 말이 새삼스레 실감 나는 요즘이다. 잃어버린 시간을 찾아 끊임없는 나 자신과의 싸움을 하고 있다. 돌이켜 생각해보니 나름 하느님께 감사드려야 할 일이 적잖이 떠오르기도 한다.

큰아들 미카엘은 학업을 마치고 어엿한 사회인이 되어 결혼과 함께 새살림을 냈고, 사회생활을 하던 안젤라 역시 좋은 배필을 만나 하느님이 예쁜 공주도 안겨주시고, 지금은 남편을 따라 외국에 가 있다.

막둥이 가브리엘이 카투사에 붙었다며 군에 입대하러 가던 날이 바로 엊그제 같은데, 군 복무를 마치고 복학한 지도 벌써 한 해를 넘긴 정월 초사흗날이다. 연일 끄무레하던 하늘도 설 명절과 함께 활짝 개이고 온 천지가 눈부신 오후. 시도 때도 없이 전화 수화기를 몸종 부리듯 하는 나는, 거의 매일 해질녘이면 만나서 함께 산책을 즐기는 아우에게 또 전화를 걸었다.

"얘! 나 지금 행복한, 아주 조그만 행복이지만 참으로 감사해서 그걸 너한테 말하려고 전화한 거야."

"뭔데 그려? 얼릉 말을 혀 부아."

난데없는 행복 발언을 사뭇 반기는 아우다.

"이 행복한 기분 10분, 아니 몇 분을 머물다 갈지는 모르지만 지금 이 순간만큼은 내 인생이 거의 다 이뤄졌다는 생각이 든다."

"무슨 일이든 순간을 다녀가는 것 아니겠어!"

"우리 어렸을 적에 내가 했던 말, 너도 기억할지 모르겠다, 앞이 탁 트인 아담한 양옥집, 2층에서는 아이들이 공부하고, 나는 내 서재에서 따끈한 차를 마시며 밤늦도록 책을 읽고."

"그랬었지."

"내가 그 꿈에 근접한 것 같다. 막둥이가 색소폰을 갖고 싶어 하기에 큰맘 먹고 사줬더니 글쎄, 색소폰 불다가 힘들면 피아노치고, 그러다가 공부하고…. 얼굴을 보니까 세상 모르는 어린아이 표정이더라!"

"언니 축하해, 막둥이가 효도했네."

"고맙다, 축하받으마. 이 순간 내가 부러울 게 없구나. 자식이 행복해하는 모습을 바라보는 어미의 심정이라니…. 비록 계단이 없는 이층집이긴 하지만."

"무슨 말씀이야, 계단 없는 이층집이 어딨어? 게다가 이층집도 아니고 삼층집이잖아!"

"실내 계단이 아니라는 뜻이지."

"아니야 언니, 실내 계단보다 바깥 계단이 더 깔끔하고 좋아, 날씨도 화창한데 모쪼록 그 행복한 시간이 더디 가기를 바래."

"그래, 고맙다."

터가 그리 넓지 않다 보니 외부 계단을 설계할 수밖에 없었던 아쉬움을 누구보다 잘 아는 아우는, 언제라도 내 마음이 편하고 좋은 쪽으로 거든다. 그러나 우리 자매들이 평소에 말해왔듯이 어떤 집에서 사느냐보다는, 어떤 사람과 어떤 생각을 하며 사느냐가 중요하다는 이치를 다시 한번 되새겨보게 된다.

일상생활 속에서 흔히 만날 수 없는 특별 보너스와도 같은 이 순간, 내 책상머리 유리창으로 한가득 들어오는 빌딩 저쪽, 잔설이 아직 남아있어 봉우리가 희끗해 보이는 관악산이 봄을 향해 깃털을 다듬고 있다.

방향

　파김치를 식탁에 올렸다. 파김치 좋아하는 우리 딸 안젤라가 먹기에 좋을 만큼 익었다. 뽀얀 사골 국물에 따끈한 밥 한 그릇 먹이고 싶다. 뭐니 뭐니 해도 먹거리만큼은 믿을 만하고 값도 저렴하다고 하니 그리 못 잊을 게 없는데도 음식을 대할 적마다 자꾸만 뜨거운 것이 목에 걸린다. 며칠 전부터 귀가 윙윙거리고 입 안이 헐었다는 말을 들었을 땐 선참 다녀오고도 싶었다.

　눈이 펑펑 쏟아지는 겨울밤에도 끼욱끼욱 저희 마음대로 날아다닐 수 있는 기러기들의 날갯짓이 부럽기만 하다. 아이 키우랴, 미국 말 배우랴, 피아노 레슨하랴, 그러면서 살림까지 하자니 그 분주함이야 안 봐도 짐작이 간다. 내가 결혼하고 서울로 올라왔을 땐 내 어머니께서도 지금 나하고 다르지 않은 심정이었으리라. 아주 이민을 떠나버린 것도 아니고 사위가 공부만 끝마치면 돌아올 텐데도, 새벽잠을 깨어 뒤척이는 건 아마도 내 나이가 깊어진 탓이리라.

시장으로 들어가는 길목 한쪽에 오므래기 담겨 있던 소쿠리 속의 강아지들이 자꾸만 눈에 밟힌다. 제 어미의 품을 떠나 새 주인한테로 뿔뿔이 팔려나가는 녀석들의 모습이라니! 몸을 푼 어미 개는 새끼들이 배부를 만큼 젖을 충분히 못 먹였을 땐, 입에 대서는 안 될 것조차 가리지 않고 허겁지겁 주워 먹고는, 죽게 된 순간에도 구덕으로 먼저 뛰어들어 제 새끼들을 시퍼렇게 들여다본 후에야 쓰러진다. 시골에서 자란 내 어릴 적 울긋불긋한 기억 중 하나다.

우리 집 구석구석에는 우리 외손녀 사진이 줄줄이 걸려있다. 남편은 벽에 붙어 있는 사진 속의 아이를 때때로 들여다보면서 재은아! 재은아! 하고 대답할 리 없는 세 살배기를 부르곤 한다. 손자란 참으로 알 수 없는 녀석이다. 내 속으로 낳은 자식보다도 몇 곱절은 더 예쁘니 말이다.

자식은 내리사랑이라고 하신 어른들의 말씀이 이제야 귀에 들어온다. 재은이를 안고 업고 드나들었던 골목길에 들어서면 깡충깡충 신이 난 이웃집 아이들의 웃음소리가 연신 나를 맴돌며 따라온다. 그럴 때마다 금세 마음이 곱절은 복잡해진다. 밤낮이 바뀐 그곳과의 시차를 계산해보며 이리저리 어린 것을 쫓아다니게 되는 것이다. 일주일에 만 원짜리 전화 카트 두어 개를 소비하면서도 번번이 할 말이 남는다. 아이들과 식탁에 둘러앉아 오밀조밀 이야기하던 때가 꿈속처럼 아련하다. 밤이면 언제나처럼 침대맡에 수화기를 당겨놓는다. 그 애들이 전화를 걸어올지도 모르니까. 정초에 담은 막장 고추장에 맛이 들었다. 지난번 미국에 갔을 때 베란다에서 구워 먹던 불고기에 이 쌈장을 곁들였으면 싶다. 소소한 밑반찬을 담아 들고 마음은 벌써 여러 번 비행기를 탄다. 내년쯤이나 하던 손가락셈이 급해지기 시작한 때문이다. 아무래도 불원간 다녀와야 하지 않을까!

솔잎 하나에 비친

남으로 창을 낸 우리 집은 밤에도 훤한 길갓집이다. 우리 맞은편 단독주택이 있던 자리에는 불과 몇 년 사이에 고층 건물이 줄줄이 들어서고 있다. 건축물 모퉁이 자투리땅엔 봄가을 없이 옮겨다 심은 소나무들이 공해와 맞서 파수를 서고 있다.

나는 길갓집을 좋아한다. 내 어린 시절을 보낸 고향 집도 동산 아래 첫 들머리에 있는 초가집이었다. 동산에 올라 바라보면 끝없이 펼쳐진 김제 벌을 끼고 아름드리 소나무들이 지키던 그곳 그 마을. 시도 때도 없이 날아들던 새소리 바람소리….

서울의 빌딩 숲, 시멘트 담장에 갇힌 소나무들을 바라보고 있노라면, 노예로 붙들려온 아프리카 흑인들 이야기가 생각난다. 전깃불과 자동차 바퀴 소리에 휴식을 얻지 못했음일까. 옆구리에 링거주사 바늘을 매단 모습일 때도 있다. 뿐일까. 소나무 가지들이 그만 삭정이가 되어버리는 풍경은 내내 쓸쓸하기만 하다.

태어난 자리 그 흙을 디디고 곧게 자란 기개가 하루하루 바스러지는 형장. 공해에도 잘 견뎌낼 품종을 모를 리 없으련만 굳이 해묵은 소나무를 고집함은 인간들의 지나친 이기심과 사치가 아닐지! 빨간 솔잎이 여기저기 흩어져 짓밟힐 때, 나는 내 어린 날의 꿈속을 들락거린다.

하늘에 총총한 별들은 저마다 제 궤도에서 빛을 내는데 땅에서는 왜 그렇게 지낼 수 없는 것인지. 기다리지 않고, 공들이지도 않고, 버튼만 누르면 무엇이든 해결되는 21세기의 운명. 가벼움 쪽으로 치달리는 우리네 접시저울에 묵직한 점 하나 올려놓을 순 없는 것일까.

참숯 몇 개 동동 띄운 장 항아리에 때아닌 솔잎이 날아 앉는다. 해마다 이른 봄이면 장독 가득가득 정성을 담그시던 우리 어머니! 나비 몇 마리 명주바람에 팔랑대던. 뒷동산 토담 밭, 먼 데서 울음 우는 뻐꾸기 소리와 함께 지금은 안 계신 어머니가 한없이 한없이 그리워지는…. 그쪽으로 훨훨 날아가고 싶은 봄날 아침이다.

물 피리가 있는 고향

　벼랑에 걸린 요람에서 새 새끼들은 깃털을 다듬고 세상 속으로 뛰어내린다. 하지만 그들을 기다리는 건 거친 파도와 바람뿐 환대란 어디에도 없다. 혼자다. 그리고 제 몫을 살아야 한다.

　며칠 전 나는 뜰에서 쩍쩍거리는 새소리에 이끌려 불현듯 고향의 저녁노을이 그리워졌다. 노을이야 어디인들 다를까마는 고향의 노을에는 꿈을 피워내는 질박한 이야기와 깔깔대던 웃음이 있다.

　그 노을을 만나기 위해 동생과 함께 고속버스를 탔다. 아버지의 기일을 맞아 성묘도 할 겸 홀가분하게 나선 것이다. 부용에 도착한 시간은 오후 여섯 시. 한두 시간만 일찍 나섰더라면 좋았을 것을. 노을이 행여 우리를 앞질러 떠나버릴까

연신 서쪽 하늘에 눈을 두고 걸었다.

　동생과 나는 발에 익은 마을 길을 돌아 부지런히 텃논으로 향했다. 논길에 들어서자 오래전에 세상을 뜨신 아버지의 모습이 눈에 어렸다. 뙤약볕 아래 구슬땀을 흘리며 김매고 논두렁의 풀을 깎고, 짐을 지신 그 옛날 우리 아버지!

　내 어릴 적, 마을 어귀에는 모정(茅亭)이 있었다. 그 모정에서 마을 사람들은 느닷없는 소나기와 땡볕을 피하기도 하고 낮잠을 청하기도 했다. 엿장수가 쉬어 갈 때면 엿치기 판이 벌어지기도 했었다. 하지만 내 기억 속의 우리 아버지는 그늘 드리운 모정에서 한가로운 시간을 보낸 일이 없다. 아버지는 노상 무슨 일인가를 하고 계셨다.

　농사철이 끝나면 아버지는 눈비에 삭은 양철 대문을 손수 바꿔 달기도 하고, 널빤지를 잘라 오빠들의 책상과 의자, 책꽂이도 만들었다. 유난히 잔병치레가 많았던 나는 일하시는 아버지 곁을 맴돌며 칭얼거리는 버릇이 있었다. 그럴 때마다 아버지는 나를 업고 텃밭을 서성이거나 동산으로 올라가 소나무 사이를 거닐며 휘파람을 불기도 했다. 아버지 등에 맛을 들인 나는 양쪽 다리를 날개처럼 퍼덕이다 잠이 들어, 언제 뉘었는지도 모르는 채 아침을 맞을 때가 종종 있었다.

　그때 내 나이 대여섯 살, 아버지는 마흔이 채 안 되셨었다.

푸근한 아버지 등에 기대어 아무렇지도 않게 바라보던 저녁노을. 지금도 나는 마음 한구석이 우울할 적마다 그 시절 저녁노을을 떠올리곤 한다. 아마도 나는 그때 흡수한 자양분으로 평생의 삶을 지탱해 가는지도 모른다.

  논두렁을 걷는 동안 사방이 침침해졌다. 아직 해가 질 시간이 아닌데도 내가 보고 싶어 하던 고향의 저녁노을을 회색 구름이 훼방을 한 때문이었다. 조금만 가면 그 옛날 우리 텃논 방죽배미다. 가뭄이 여러 해 겹쳐 들어도 방죽 물이 가까워 흉년을 모르는 문전옥답이었다.

  "노을이 우리를 외면해버리는 것 아니냐! 삼십 년을 별러서 왔는데…"

  "언니, 원하는 건 쉽게 주어지지 않는다잖아. 단번에 잡을 수 있는 행운이 어디 있겠어."

  우린 걸음을 재촉했다. 어릴 때 막걸리 주전자를 출렁이며 달음박질하던, 그 논두렁길을 걸어가고 있다. 새참을 드시던 아버지는 논두렁에 쪼그리고 앉은 동생과 나에게 막걸리 한 모금씩을 건네주시기도 했다.

  "술은 처음 배울 때 잘 배워야지, 버릇없이 배웠다간 망나니 된다."고 하시던 아버지의 말씀이 금방이라도 귀에 들릴

듯했다.

들판 여기저기서 울어대던 뜸부기 소리, 기다란 목으로 기
웃기웃 논바닥 구석구석을 헤집고 다니던 황새. 그때는 미꾸
라지 우렁이가 지천이었고, 벼 포기 사이사이 물 고인 곳마
다 붕어 송사리 떼가 한 움큼씩 몰려 있었다.

"언니, 여기가 맞아?"

"글쎄 여기쯤일 것 같은데."

"도무지 알 수가 없네."

"그렇게도 그립던 고향은 이제 어디서도 찾아볼 수가 없구
나."

방죽배미 논두렁 길에 걸쳐있던 돌다리도 도랑도 없어졌
고, 마을 앞 들길로 가던 돌다리도 안 보였다. 기억 속의 보
물들은 흔적조차 남아 있지 않았다. 새색시 신행길에는 방죽
배미 돌다리를 이용했고, 상여 타고 마지막 길을 떠날 적에
는 들길 돌다리를 건너서 갔다. 신행을 든 길목으로는 상여
가 나갈 수 없다는 풍습 때문이었다.

"아주 먼 옛날에는 여기가 어떤 곳이었을까. 늪이나 갈대
밭이었을까. 우리 어린 시절에도 여길 떠났던 사람들은 이곳
에 와서 자신들의 지난날을 그리워했겠지. 지금 자라는 아이
들은 훗날 또 오늘의 풍경을 그리워할 테고."

경지정리로 반듯반듯 바둑판 모양이 된 논배미들이 낯선 표정만 건네고 있었다.

"이맘때면 개구리 소리가 굉장해야 할 텐데 왜 이렇게 조용하지? 농약 때문일까?"

"한두 놈이 아는 체 허는고만 안 들리냐?"

"응, 나는 아주 고요해."

청력이 좀 부실한 동생이 내심 안타까운 모양이다. 모내기 마친 물 논을 어루만지며 명주바람이 겹겹으로 지나갔다.

"노을 보는 것도 틀렸고, 그만 돌아가자. 잘못했다가는 미꾸라지 되겠다."

동생이 물꼬를 건너뛰다 휘청거리고 있었다.

"에이 참, 논두렁은 왜 이렇게 좁은 거야."

"나락 몇 포기 더 심겠다고 땅따먹기한 거지, 팽순네 아버지만 아니면 그런 일 안 생길 줄 알았는데 그 양반 없어도 땅따먹기는 여전한 것 같다."

"물것 없는 세상이 어디에 있겠어."

우리 옆집 팽순네 아버지는 약간 높은 곳에 자리한 우리집 뒤꼍을 야금야금 파내려 울타리까지 넘어뜨렸던 위인이다. 동생과 나는 방천 둑에 올라와 방죽을 바라보았다. 아주 먼 옛날부터 있었다는, 사시사철 용천수가 솟아난다는 월연

대 방죽 물은 수리조합 물길이 닿지 않던 몇 년 전까지만 해도 우리 마을의 젖줄이었다. 동쪽과 남북을 야산으로 두르고, 서쪽이 트인 지형을 이용하여 둑을 쌓고 물을 저장했던 것이다.

방죽 둑 신작로를 따라 산허리를 돌아들다 보면 비슷비슷한 방죽들이 지금도 남아있어 이 지역이 곡창지대의 중심이었음을 말해주고 있다.

신작로를 느긋이 거닐고 있는 우리 곁으로 버스가 지나가고, 트럭과 승용차들이 몸이 오싹하도록 내달렸다.

"가봤자 결국 낭떠러진데 뭣 땜에 저리도 내달릴까! 다 부질없이, 흔적도 없이 사라질 것을."

내 동생은 시인이다. 나는 그가 쓴 글들을 좋아하며 그를 자랑스럽게 여긴다. 나는 어디서든 내 동생의 글을 단연 으뜸이라고 믿는다.

"마음이 제 고향을 지닐 수 없게 만드는구나."

우리는 어느 시의 한 구절을 온몸으로 읽고 있었다. 모든 게 옛 모습이 아니다. 논이 포도밭으로 변해 있고, 우리가 심고 가꾸던 텃밭에는 낯선 건물들이 터를 잡았다.

"마름 따먹고 미역감던 방죽이 저게 뭐야! 모심을 때 물 빠지면, 물 반 고기 반이라고 했었는데… 잡초가 저렇게까지 점령해버리다니!"

"상전벽해라잖아."

"변하지 않는 고향이 있었으면 좋겠다. 그리울 때마다 찾아와 쉬어 갈 수 있게. 그렇게 지켜지는 고향은 없을까? 하기야 고향을 이북에 둔 사람들도 있는데, 이런 생각을 한다는 게 욕심이겠지."

"수몰된 고향도 있으니까."

"그래, 무엇인들 안 변하겠냐, 그래저래 부대끼며 살다 가면 그만이지. 돌아가자 어두워진다."

"아직 일곱 시도 안 됐는데… 여기까지 와서 들길도 안 걸어보고 그냥 갈 거야?"

"슬슬 무서워진다. 야, 장태구릉에서 귀신 나온다는 말, 생각 안 나냐?"

사방이 어둑어둑해지자 나는 흰 머리털을 나부끼면서도 어린 시절의 무섬증이 되살아났다.

"이제 보니까 언니 겁쟁이네."

장태구릉은 대부분 가난한 조상들이 묻혀 있는 공동묘지다. 그 공동묘지 주변으로 오래된 소나무 몇 그루가 있는데, 도깨비나 귀신 이야기는 늘 그쪽에서 시작되었다. 우리 삼촌도 그곳에서 도깨비를 만나 밤새 들판으로 끌려다니다 새벽녘에야 눈만 빼꼼히 살아왔다는 이야기를 했었다. 도깨비한테 홀린다는 말이 사실인지는 알 수 없지만 왠지 땅거미를 밟으며 공동묘지 근처를 지난다는 게 좀 으스스했다.

망설이던 나는 앞서가는 동생을 따라 들길로 향했다. 이왕이면 전에 다니던 도랑 길을 밟아 보고 싶었지만 마음뿐이었다. 시멘트로 만들어진 낯선 도랑이 누구네의 물꼬를 들락거리며 쟬쟬쟬… 물 피리만 불고 있었다.

"아버지도 여기서 도깨비를 봤다는 것 아니냐?"

"맞아, 모심으려고 밤까지 새워가면서 도랑물을 품다 보면 도깨비들이 동에서 번쩍 서에서 번쩍 삣삣 소리까지 내더라고 하셨어. 그때는 가뭄이 엄청 심했던 것 같애."

"무섭다 야."

들판은 점점 더 깊은 어둠 속으로 가라앉았다. 하늘엔 옛날의 그 별들이 여기저기서 튀어나와 우리를 따라다녔다. 이때 별안간 들판 한쪽이 무너지게 떠들썩했다.

"와! 개구리 소리다!"

개구리들이 목청을 들내놓고 울어제쳤다. 귀를 모은 동생이 그쪽을 보며 미소 지었다. 놀란 별들이 다투어 반짝거리기 시작했다.

"여기 온 보람 했다. 노을은 못 봤지만 정말 좋다. 개구리들이 우리를 기다리고 있었던 게야."

"농약 땜에 걱정했더니 그래도 살아남았다는 게 고마운 일이야. 생명이란 죽기로 들면 쉽지만 정말 끈질긴 거야…"

"개구리들은 저게 구애 작전이라지?"

"응, 목청 큰놈이 왕이랬어. 그래서 저렇게 죽기 살기로 목청들을 내뽑는가 봐."

들판이 어둠에 휩싸이면서 그나마 고향을 되찾은 느낌이었다. 마을로 접어들자 거둘 때가 된 텃밭의 보리 모가지들이 눈에 잡혔다.

"민대 해 먹으면 딱 좋겠는데, 주인을 알 수가 있나."

누렇게 익은 보리밭 한쪽으로 새파란 보리 모가지 몇 주먹이 나를 유혹하고 있었다. 논두렁 텃밭이어서 수분 많은 쪽이 더디 익은 모양이었다. 입안에서 군침이 돌았다. 나는 그 자리를 쉬이 뜨지 못했다.

"오랜만에 고향에 와서 서리할 생각이나 하다니."

우리들 어렸을 때, 이 무렵이면 어머니는 푸르스름하게 익은 밀, 보리를 한 둥치씩 베어 오셨다. 그것을 아궁이에 꼬실르거나 가마솥에 볶아 버들치에 문지른 다음 껍데기를 날려 버리면 새파란 알맹이만 오롯이 남았다. 적당히 덜 익은 알

맹이라야 말랑하고 고소한 맛이 더했던 것이다.

어머니는 그 보리 민대를 주머니 가득가득 넣어 주시며 허출하고 더딘 봄날을 풍요롭게 해주셨다. 반질반질 쥐어 먹던 민대 한 주먹은 지금도 입맛을 다시게 하는 추억 속의 군것질거리다.

"밝은 낮이라면 주인이 누군지 알아볼 수 있을 텐데…."

"옛날 그 어른들이 계시다면 얼마나 좋겠냐. 쓸쓸하다 정말."

바람이 점점 서늘해졌다. 왁자한 개구리 소리 한가운데로 기차가 지나갔다. 뱃속에서도 꾸르륵 꾸르륵 개구리 소리가 났다. 점심도 건너뛴 판에 너무하는 것 아니냐는 시위였다.

"만약에 이런 우리를 엄마가 저세상에서 보고 있다면 얼마나 안타까워하실까."

골목을 들어서며 내가 중얼거렸다. 드디어 산자락 우리 집 대문 앞이다. 대문을 살며시 밀쳐 보니 자물쇠가 걸려있었다. 날짐승이 아닌 담에야 들어가 볼 도리가 없다. 아쉬운 마음에 까치발을 하고 울안을 살펴봐도 인기척이 없었다.

그 길로 동생과 나는 동산 자락 양지바른 토담 밭에 모신 부모님 산소를 찾았다. 캄캄했지만 걸음 옮겨놓기가 수월했다. 싸리나무와 잡초를 베어낸 길이 산소로 이어졌다. 나중에 알고 보니 우리가 올 것을 알고 앞서 다녀가신 작은오빠의 배려였던 것이다.

어머니께서 생전에 심었던 무덤가 두 그루 소나무는 그루터기만 남았지만, 백일홍 한 그루는 훤칠한 키와 가지들을 자랑하고 있었다. 붓끝처럼 솟은 모악산 봉우리가 마주하고 있어 '문필봉'이라는 부모님 묘소에 동생과 나는 절을 올렸다.

"남한테 둘리지 않을 만큼의 지혜만 있으면 된다."

객지로 떠날 때 이르시던 아버지의 말씀이 봉분을 맴돌았다. 바로 옆, 친구 부모님 무덤에도 인사를 올렸다. 동생과 나는 동산에 올라 먼 하늘을 바라보았다.

"언니, 저게 개밥바라기야, 어릴 때 보던."

"이쪽에 있는 건 은하수 아니냐?"

"응, 은하수야, 마당에 멍석 펴놓고 누워서 바라보던 그대로네. 눈물 찔끔거리면서 부채질하던 그 모깃불이 이렇게도 그리워질 줄이야…."

"그때, 어머니가 밥할 때, 호박잎 깔고 쪄주시던 밀가루 개떡은 왜 그렇게 맛있었는지…."

"아무리 더워도 우물물에 목욕하고 모기장에 들어가기만 하면 정말 시원했었는데."

"모기장에 붙어서 울던 여치 소리도 그립다."

"여치 소리는 팔월에 와야 되겠지, 언니는 들국화 피는 가을 언덕도 걸어보고 싶다면서?"

"이곳에 이층집 지어서 서재도 꾸미고, 기차 지나가는 들판도 바라보자더니 그 꿈, 아직도 살아 있냐?"

"글세….'"

동생 마음이 흔들리는 모양이다. 옛 친구 하나 남아 있지 않고, 우리가 기억하는 사람이라곤 신선이 다 된 노인 몇 분이 계실 뿐이다. 훤하게 트였던 마을 앞엔 볼품없는 공장과 창고들이 버티고 들어앉았다.

그날 밤 아버지 제사를 모신 동생과 나는 다시 서울행 버스를 탔다. 세월이 그렇게도 모든 걸 바꾸어 놓다니! 서울로 올라가는 길이 마치 객지에서 고향으로 돌아가는 기분이었다. 변해버린 고향의 노을보다 우리 아이들과 가끔 산책하며 바라보던 한강 둔치의 저녁노을이 더 따뜻하게 느껴졌다. 하지만 나는 또 찾을 것이다. 그리운 부모님과 함께 내 어린 날 숨결이 살아 있는 곳, 우리들의 깃을 다듬던 그 아늑하고 푸른 요람을.

호숫가의 찻집

유럽 여행을 다녀온 게 엊그제 같은데, 어느새 기억이 저편으로 밀려나 희미해지려고 한다. 남아있는 기억의 조각이나마 주워보고 싶다. 막둥이 가브리엘을 따라나선 여행길, 할머니 할아버지를 모시고 온 손자, 부부 동반, 친구끼리, 혼자서 온 젊은이도 있었다.

아직도 생생히 떠오르는 건 파리 '에펠탑' 위에서 내려다본 설경이다. 눈 쌓인 산비탈을 쏜살같이 미끄러지는 스키어들. 산꼭대기 눈 속에 파묻혀버린 지붕은 내버려 둔 채, 다소곳이 창문만 드러내 보이는 한두 채의 자그마한 가옥은 내 어린 시절에 본 동화 속의 마을을 연상시켰다.

성지순례가 아니었기 때문에 성당을 방문해도 미사 시간은 따로 없었다. 나는 막둥이하고 둘이서 잠가두지 않는다는 성당 안쪽 문으로 들어가 잠시나마 하느님께 기도를 드렸다.

성당을 나와 우리 일행한테로 오는 길에 막둥이가 말했다. '결혼하면 제 아내와 아이를 데리고 그곳으로 여행을 올 거라고.' 듣던 중 반가운 얘기였다.

"그러면 좋지."

하느님께서 가브리엘에게 그가 꿈꾸는 행복한 삶을 하루속히 이루어주시기를 마음 깊이 기도드렸다. 밤에는 숙소를 나와 이국의 밤거리를 함께 거닐며 구경도 하고, 내가 좋아하는 하늘빛 머플러와 옷가지를 사주기도 했다.

관광지에서 사준 에펠탑과 피사의 사탑 등등 자석이 붙은 조그만 기념품들은 지금도 우리 주방 냉장고에 부착돼 있어 그때 그 순간의 이야기들을 때때로 들려주고는 한다. 여러 가지 물건들을 고르고 살 때도 언어의 장벽 없이 유창하게 점원들과 의사소통을 하는 아들의 모습은 여간 대견하고 뿌듯한 게 아니었다.

프랑스 루브르 박물관에 들렀을 땐 세기의 명화 '모나리자' 등등 여러 가지 예술작품을 감상하는 데까지는 참으로 좋았다. 그런데 가이드가 개개인에게 나눠준 수화기를 귀에 매달고 인파에 휩쓸려 다니는 동안 내 바로 밑에 동생이 특별히 선물해준 내 마음에 쏙 드는 자줏빛 명품 모자가 정수리에서 날아가는 줄도 모르고 있었다는 사실이 내내 아쉬움으로 남는다.

스위스에서 루소의 동상이 저만치 바라보이는 도로를 지나쳐 갈 땐, 만년에 이르러 자신의 삶을 투영해 놓은 『고백록』이 마음 짠하게 떠오르기도 했다. 내 어린 시절, 교과서에서 본 적이 있는 피사의 사탑을 보러 가던 날은 길거리에서 하마터면 지갑을 통째로 빼앗길 뻔했다. 아기를 등에 업은 앳된 여인이 내 발 앞으로 바싹 다가와 손발로 구걸하는 시늉이 애잔해 보여 몇 푼이라도 주려고 손가방에서 지갑을 꺼내려는 순간, 가브리엘이 내 발 앞으로 달려와, 지갑을 통째로 빼앗길 뻔한 손재를 면할 수가 있었다.

번뜩 정신을 차리고 보니 나를 중심으로 뺑소니들이 뺑 둘러 있고, 우리 일행은 벌써 저만치 앞서가고 있었다. 어떤 할머니는 혈압약, 상비약까지 챙겨온 주머니를 몽땅 빼앗겼다며 안절부절못하고 서성이다가, 단체 관람차가 도착하는 바람에 어쩔 수 없이 차에 오르기도 했다. 이탈리아에 가면 '거지를 조심하라는' 당부가 실감 나는 현장이었다.

말로만 듣던 알프스 그림 같은 호수가 내려다보이는 찻집에서의 한순간은 아직도 기억에 생생히 남아있어 다시 한번가 보고 싶은 충동을 일으키고는 한다. 물론 불가능한 일이긴 하지만 말이다.

함께 보는 달

벗에는 경계가 없다. 책갈피에 모여 사는 기억 니은도 벗
이요. 창문 앞 나뭇가지에 와서 지저귀는 새들 또한 나의 오
랜 친구다. 뿐이랴, 창틈으로 은은히 들고나는 바람이며, 하
늘 끝으로 멀어져 가는 비행기의 여운도 없어서는 안 될 빛
이다. 기분이 울적해지는 날이면 나는 소파에 몸을 맡기고
성호를 그으며 눈을 감는다.

'젖먹이가 독사의 구멍에서 장난하며, 젖 뗀 어린아이가
독사의 굴에 손을 넣을 것이라.' (이사야 11:8절)

그 꿈의 나라를 상상의 눈으로 들여다보기도 하고, 기억의
숲을 거슬러 태평양 건너편 리치몬드에 사는 내 친구 아라
어머니를 찾아가고는 한다. 그림같이 아름다운 호숫가에서,

서너 살 박이 우리 외손녀 재은이 곁을 졸졸 따라다니던 기러기 가족들과 보트 곁을 맴돌며 헤엄쳐 다니던 작은 물새들, 물에 빠진 제 그림자를 들여다보며 손을 흔들던 수목들, 잔디밭을 맘껏 뒹굴며 뛰놀던 아이들, 울타리 없는 집들이 숲길을 따라 여유롭게 들어앉은 그곳! 그 마을!

　내가 아라 어머니를 만난 건 불과 십 년 안팎의 일이다. '포도주와 친구는 묵을수록 좋다.'는 말이 있긴 하지만 경우에 따라서는 지금 익어가고 있는 술과 우정도 그 이상의 향기와 품격을 지닐 것이다.

　아라 어머니가 살고 있는 리치몬드는 워싱턴에서 승용차로 서너 시간은 족히 달려야 닿을 수 있는 거리다. 그런데도 내가 그곳을 이웃으로 느끼던 까닭은 마음이 그만큼 가까웠던 때문이리라. 미국은 동서남북 어디를 달려도 아스팔트와 이정표가 시원스럽고, 기름값도 비싸지 않아 여행이 잦은 그곳 사람들의 일상을 쉽게 이해할 수가 있었다.

　우리나라는 언제쯤 그렇게 여유로운 삶을 누릴 수 있을는지, 아득한 느낌마저 들기도 한다. 나는 우리나라의 피크닉 문화를 그다지 좋아하지 않는다. 피서니, 단풍놀이니, 어쩌다 가까운 유원지만 나가보아도 주차장을 방불케 하는 차량

행렬과 곳곳마다 벌어지는 고스톱판, 빼곡히 들어박힌 음식점들이 숨통을 조이기 때문이다.

진실한 벗 하나만 있어도 세상은 살 만한 장소가 아닐까. 리치몬드에 내가 마음을 두고 온 연유도 딱히 그곳의 풍경 때문만은 아닌 것 같다. 내가 탄 비행기를 앞질러, 딸네 집으로 전화를 거는 친구의 기다림이 그곳에 있기 때문이지 싶다.

그 먼 곳에 딸을 떼어놓고 노심초사하는 나에게 "무슨 일 있으면 내가 도와줄 테니 아무 염려 말라."던 친구의 한 마디는 나의 내면을 채워주는 의지이고 위안이며 꿈이었던 것이다.

내가 리치몬드에 처음 갔을 때는 크리스마스 전야였다. 이 친구도 미국에 간 지 일 년여밖에 되지 않은 때였다. 아라 어머니의 거처도 출가한 따님댁이었는데 가족 모두 우리 일행을 반갑게 맞아주었다.

그 낯선 곳에서 언어가 통하는 친구를 만난다는 게 여간 즐거운 일이 아니었다. 특히 내 딸과 사위에게까지 베풀어준 친절은 두고두고 잊히지 않는 추억으로 간직되어 있다. 숯불구이며 잡채와 김치, 동지팥죽, 미국식 샐러드 등등, 맑고 아름다운 호수가 눈앞에 보이는 베란다에서의 파티는 생각할

수록 여운이 살아나는 꿈속의 그림이다. 피붙이한테서나 받아 봄직한, 격의 없는 애정을 떠올릴 때마다 친구의 소중함을 재삼재사 깨닫게 된다.

그날 만찬을 마친 우리는 모두 거실에 둘러앉았다. 서로서로 준비한 선물꾸러미를 풀어보는 재미 또한 성탄 전야의 특별한 기쁨이었다. 그때 받은 꽃무늬 종이상자는 상자마다 담긴 훈훈한 추억과 함께 지금도 나의 조촐한 서가에 자리하고 있다. 가가호호 뜨락마다 창문마다 온통 하늘의 별을 뿌려놓은 듯이 반짝거리는 크리스마스트리들은 내가 어린 시절에 꿈꾸던 바로 그 풍경이었다.

이튿날 친구와 나는 호수 건너편에 살고 있다는 J여사의 승용차를 함께 타고 시온교회로 향했다. 20분쯤을 달려 도착한 그 교회는 미국인 교회 한쪽을 빌려서 사용하고 있다는 가족 분위기의 예배당이었다. 낯선 타국에서 한국인을 위한 기도실을 마련하기까지 목사님은 얼마나 간절한 시간과 무릎을 바치셨을까, 가슴이 찡했다.

미국에서 보낸 그 성탄절은 경이로운 이국의 정서를 체감하기에 충분하였다. 그곳에서 일주일 남짓 머무는 동안 아라 어머니와 나는 매일같이 노을이 물든 집 근처 호숫가를 거닐

기도 하고, 나를 승용차에 태워 낙엽이 수북이 쌓인 산자락, 그림 같은 찻집에 들러 따끈한 커피를 마시기도 했다. 나중에 알고 보니 그땐 운전도 서툴렀다는데 말이다.

리치몬드는 어딜 가든지 한가로웠고 전후좌우 눈 닿는 곳마다 마음껏 자란 나무들이 전신의 세포를 살려내는 느낌이었다. 아라 어머니의 미국 생활은 보면 볼수록 존경스러웠다. 자신이야 영어를 더디 배워도 상관없다면서 손자들이 모국어를 잊어버리게 될까 봐 식구들과의 대화는 언제나 우리말로 해왔다고 한다.

주경야독하는 아라 어머니의 따님은 그 이듬해 여름에도 우리를 놀러 오라고 불렀다. 직장에서 특별 휴가까지 내어 가족과 함께 삼면이 수평선으로 이어진 버지니아 놀폭 바닷가로, 호텔로 해가 기울도록 안내하며 미국의 풍경을 마음 가득히 담아주었다.

아라 어머니는 지금도 통화를 할 적마다 새에 관한 안부를 세세히 들려주곤 한다. 며칠 전에도 "오늘 아침 마당에 나가보니까 뺄갛게 생긴 쬐끄맨한 새 몇 마리가 우리 집 나뭇가지에 앉아 있다가 옆집으로 사방으로 날아다니는데, 생각나더라, 새 좋아하는 안젤라 엄마가 여기 있을 때 왔이마 얼매나 좋았겠능겨! 그래서 내가 혼잣말로 이랬다 아입니까, 야!

이놈의 새들아, 와 진즉 안 오고 인제사 왔노! 내 친구가 봤
이마 얼매나 좋아했을 낀데.” 하는 것이었다.

새 좋아하는 내 속뜻을 십분 이해하고 있다는 증거다. 얼
마 안 있으면 더욱 맑아질 리치몬드의 가을 호수에 끼룩끼룩
기러기들이 소리 높여 날아들리라. 나는 친구의 목소리를 들
으며 가슴이 뛸 것이고, 친구는 호수가 바라보이는 베란다
그네에 앉아 “이 기러기 소리 안 들리능겨?” 하며 수화기를
호수 쪽으로 돌릴 것이다.

우리 집 거실에는 그곳 리치몬드 호숫가에서 찍은 사진이
걸려 있다. 물새들이 수면에 동동 떠다니며 파문을 일으키고
있는 장면이다. 새들을 향해 빵 조각을 던지면 새보다 먼저
물고기들이 까맣게 몰려들던 호수…. 동그라미를 채워가는
달이 오늘따라 온 누리를 밝게도 내려다보고 있다.

‘저 달님이 리치몬드의 호수와 내 친구의 정원도, 함께 하
고픈 우리의 꿈도 비춰 주리라.’

“그만 답답한 마음도 풀 겸, 이쪽으로 날아오이소, 여행은
건강에도 좋다 아입니까.”

귀에 익은 이 친구의 산뜻한 음성은 그 무엇과도 바꿀 수
없는 유일무이의 청량제다. 그 꿈속을 어찌 또 날아갈 수 있

으리요. 마는 거기 친구가 살고 있다는 사실만으로도, 아직
내가 존재한다는 자체만으로도 나는 진정 감사에 감사를 거
듭해야 하리라.

장가계의 비경

2006년 10월 이른 아침, 인천공항에서 트랩에 오른 우리 일행은 몇 시간 뒤 중국 호남성 황화 공항에 도착하였다. 우리 일행이 국외 여행을 함께 하는 건 이번이 처음이었다. 남편의 학교 동기, 직장동료였던 부부 동반 친목 회원들로 결혼 초부터 추억을 함께 쌓아온 인연들이다. 젊음이 다 가도록 직장생활, 가족들 뒷바라지 등 안팎으로 숨 돌릴 겨를 없이 보낸 사십여 년 세월을 접고 모처럼 자신의 시간을 찾아 나선 가을 길이다.

목적지인 장가계 시내까지는 관광버스로 약 네 시간이 걸린다고 했다. 버스가 황화 도심을 벗어나자 내 어린 시절, 고향 들녘에서 봤던 목화밭이 안개 속에 가물가물 스쳐 지나가고, 이제 막 추수를 끝낸 논바닥과 물 논에 발을 담근 파릇파릇한 벼 포기들이, 이모작 삼모작도 가능하다는 농경지가 한참을 가도 지평선이다. 십삼 억 인구 식량 자급자족에 수출까지 하는 대륙의 농지 일부분이 동공 깊숙이 들어왔다.

빈틈없이 흙을 가꾸는 농부들의 경작지에서 미래의 중국을 내다볼 수 있었다. 정부 보조금까지 융통해주어 조상 대대로 물려받은 옥토를 잡초밭이 되도록 방치하는 우리나라 농지 휴면 제도가 과연 옳은 것인지, 곰곰이 짚어보게 되는 장면이었다. 현대적인 문화생활은 누리지 못할망정 배고픈 사람은 없다는 어느 중국인 관광객의 말을 되새겨보게 하는 풍광이었다.

가이드 아가씨는 특색 있는 그 지방 풍습을 들어가며 관광 분위기를 띄우려고 실없는 재담을 익살스럽게 끄집어냈다.

"중국에서 가장 악랄한 요리가 뭔지 아세요?"

살아 있는 원숭이 정수리를 도끼로 찍어 골을 꺼내 먹는데 원숭이가 비명을 그치면 안 먹는다고 한다. 일단 숨이 끊어지면 음식으로서의 가치가 없어진다는 것이다. 새끼를 끌어안고 두 손으로 물것을 잡아줄 줄 아는, 인간의 조상이라고까지 비약하는 원숭이의 두개골을 산 채로 먹는다니! 몸서리가 쳐졌다.

두 번째로는 어이없는 요리가 있는데 박쥐 배속에 든 모기의 눈이라고 한다. 세 번째로는 영양가 높은 요리로 제비 둥지를 꼽는데 이 모두 부자들이 먹는 고급 음식에 속한다는 것이다. 인간이 얼마만큼 잔인해질 수 있는지를 돌아보게 하는 대목이었다. 우리는 건축물 구조가 자금성의 축소판이라고 하는 음식점에서 토가족(土家族) 무희들의 전통무용을 감상하며 유쾌한 점심을 했다.

호텔에서 하룻밤을 묵은 우리 일행은 길이가 7.5킬로미터나 된다는 케이블카 레일에 앉아 천자산 봉우리들을 둘러본 다음, 무릉원이라는 곳으로 안내되었다. 원래는 무릉도원이라고 했는데 복숭아꽃이 없어서 '무릉원'이라 부른다고 한다. 20분 이상 비탈진 계단을 타고 넘어서야 무릉원 절경에 이른다고 했다.

가이드의 설명이 끝나자, 피부가 구릿빛으로 다져진 작달막한 토가족 소년들이 여기저기서 들것을 들이밀며 앉으라는 손짓을 해왔다. 이들은 계속 만원 만원이라고 외치며 앞뒤로 줄줄이 따라붙었다. 만원 만원은 일 만원이 아니라 만원에 만원을 더한 2만원이기 때문에 조심해서 행동해야 된다고 가이드가 다가와 알려주었다. 자칫 그들의 말을 잘못 이해하고 섣불리 행동했다가는 들것에서 안 내려주는 사태가 발생할 수도 있으니 반드시 가이드의 입회하에 모든 걸

홍정해야 골치 아픈 일이 안 생긴다고 귀띔해주었다.

어떤 이는 만원 만원을 일 만원인 줄 알고 선뜻 올라탔다가, 내릴 곳에서 들 깡 달 깡 울러대며 안 내려주는 바람에 한참 동안을 들것에 실린 채로 쩔쩔매다가 결국 만원을 더 내고서야 땅을 밟을 수 있었다고 한다. 무릎이 부실한 나는 앞서 다녀간 친구들을 통해 비상수단이 있다는 걸 알고 있었다.

절벽을 내려다보며 들것 의자에 올라앉은 내 육신은 문명의 이기가 주는 안락함과는 또 다른 편안함을 누릴 수 있었다. 하지만 눈앞에서 움직이는 토가족 소년의 어깨 근육이 편안한 무릎 대신 내 마음을 아프게 했다. 육십 킬로그램을 두 어깨에 올린 약관의 소년, 눈망울이 초롱초롱한 내 아들 또래의 인생행로다.

신선이 아닌 인간의 몸으로 무릉원에 태어났기에 비껴갈 수 없는 그들 몫의 무게인지도 모른다. 계단 중간쯤 지났을 무렵, 들것을 어깨에 멘 두 소년 중 한 사람이 나에게 뭐라고 말하는 것 같아 자세히 귀 기울여 들어보니 팁 만원 팁 만원 하는 소리였다. 순간 나는 '속임수에 능한 사람들이니 조심해야 한다.'는 어떤 관광객의 당부가 문득 생각나 노노라고 급히 대답해버렸다.

소년은 노라는 내 말을 한번 듣고는 잠잠했다. 이내 그들과 헤어진 나는 만원을 선뜻 얹어주지 못한 그 순간의 실수를 두고두고 후회해야 했다. 인생의 아침을 지나는 그 소년의 꿈이 부디 들것에 머물지 않기를, 고단한 그들의 두 어깨에 푸른 날개가 돋아나기를 기도했다.

무릉원은 내가 어릴 적 꿈속에서 꼭 한번 가본 적이 있는 그 풍경 바로 그곳이었다. 깎아지른 절벽, 그 허리춤에서 비단 자락을 휘날리며 뛰어내리는 폭포, 절벽 틈서리를 수놓은 청정한 나뭇가지들이며 호수에 빠진 제 모습을 들여다보는 기암괴석들, 육신을 앞지른 내 영혼의 또 다른 거처는 아니었을까! 어리둥절한 기분마저 들었다.

우리 일행은 무릉원 보봉 호수에 띄운 작은 배에 올라, 절벽 너머로 휘어드는 호수 끝까지 돌아보기로 했다. 거기서는 금연이 기본이고, 몰래 피우다 들키면 우리나라 돈으로 오만 원에서 칠만 원 가량의 범칙금이 부과된다고 주의를 환기시켰다.

환경보호를 위해 배를 이용하는 데도 기름은 전혀 사용하지 않는 무동력선이라고 한다. 수심이 칠십 미터가량 된다는 보봉호는 산에서 흘러내리는 물을 가두어 관리하는, 인공호수로 외국인의 기술과 투자에 의해 조성된 인공호수라고 했다. 호수를 거슬러 가다 보니 절벽에 기댄 조각배 위에 세워진 집 한 채가 기다리고 있었다.

드나드는 문 하나가 고작인 그곳에서 앳된 토가족 여성들이 근무 중이라고 하는데 그 근무라는 게 다름 아닌 그곳에 온 관광객들을 맞이하고 있는 지방 공무원이라고 한다. 우리 일행이 탄 배가 그 조각배 근처에 이르자 원색으로 된 토가족 고유의상 차림의 아가씨 두셋이 뱃전으로 나와 민속 노래를 한두 소절 불러주며 기분 좋게 손을 흔들어 보였다.

호수를 돌아 나올 땐 반대편 쪽에 있는 조각배 위의 집에서 남자 공무원들이 뱃전으로 나와 노래를 불렀다. 물론 우리로선 알아들을 수 없는 그들만의 언어이고 가락이었다.

무릉원 계곡을 돌아 나온 우리 일행은 이름조차 잊어버린 어느 커다란 동굴 속을 거쳐 구백구십구 계단이 있다는 천문동으로 향했다. 동굴에는 기기묘묘한 형상의 석순들이 억만 년 지질의 변화와 신비를 한껏 자랑하고 있었는데도, 일정에 맞추느라 제대로 감상할 겨를도 없이 빠져나오고 말았다. 천문동 앞에 이르자 구백구십구 계단이 사오십 도의 각도로 나를 겨뤄보고 있었다.

일행 중 부인 몇몇은 아예 올라가는 걸 포기하고 계단 언저리 벤치에 걸터앉았는가 하면 계단을 여러 개 올라간 이도 있었다. 나는 준비해간 무명 장갑을 두 손에 끼었다. 두 무릎이 감당했던 육십 킬로그램의 짐을 두 팔에 분산시키겠다는 내 나름의 방법이었다.

위로, 위로, 네발을 번갈아 띄어놓았다. 한참을 기어오르다 숨을 고르느라 계단 한쪽에 기대어 뒤를 내려다본 순간, 정신이 아찔했다. 삼 분의 이는 족히 올라온 위치였다. '전진이냐, 후퇴냐?' 망설이다 계속 올라갔다. 마침내 구백구십구 계단, 나를 내려다보고 있던 토가족 소년 소녀 천문동 예술단이 그들이 연주하는 고유의 악기로 나를 향해 팡파르를 울렸다.

네 발로 기어서 천문동을 정복한 은발의 이방인이 희한하다는 뜻이었을 것이다. 그들 주위에 뺑 둘러 있던 흑인 백인 각양각색의 남녀 관광객들 얼굴에도 미소가 번지며 한꺼번에 박수 소리를 냈다.

다음 날 우린 여행의 목적지인 장가계 비경을 찾아 미니기차와 케이블카를 번갈아 타며 산자락 틈서리로 빨려 들어갔다. 와! 와! 감탄사가 여기저기서 메아리쳤다. 보는 이마다 와와 하고 소리를 내지르기 때문에 와와 계곡으로도 불린단다. 첩첩 굽이굽이 하늘과 안개와 산천초목이 기기묘묘하게 어우러진 돌계단 끝으로 관광 인파가 꼬리를 문다.

네 발로 세 발로 또는 두 발로, 천 길 낭떠러지를 오금 조이며 밟아 오르다가 돌계단 가장자리 한쪽 난간에 빼곡히 매달려 있는 자물쇠들의 행렬을 만났다. 그곳에 들른 연인들이 잠가두고 간 사랑의 증표라고 한다. 열쇠는 운해 낀 골짜기에 내던져버렸으니 헤어지는 일 없이 잘살게 된다는 전설의 장소라고 한다.

자물쇠의 무게 때문에 벼랑이 무너져 내릴 염려가 있어 이제는 열쇠 잠그는 일을 금하고 있다 한다. 세월이 가고 비바람이 몰아쳐도 자물쇠들은 열쇠와의 약속을 묵묵히 이행하고 있지만, 그때 그 연인들은 행복한 가슴을 지금도 변함없이 간직하고 있는지 모르겠다.

장가계는 장씨 토박이가 살기 때문에 장가계, 원씨 성이 사는 곳은 원가계, 그 외에도 양가계 등등, 소수민족이 모여 사는 지역의 이름이라고 한다. 장가계를 돌아 나오는 주차장에서 한 소녀가 나를 붙들었다. 관광지의 명물 약초 캐는 할

아버지 바위 사진이 담긴 예쁜 열쇠고리를 천원에 넘겨받았다. 열쇠고리 이면에 그럴듯하게 찍힌 내 얼굴이 담겨 있을 줄이야!

4박 5일의 장가계 여행, 함께 나섰던 일행 중 한 분이 갑자기 건강 상태가 나빠져 모처럼의 관광을 포기하고 되돌아가는 사태가 있었다. 경치 좋은 곳을 볼 때마다 우리는 먼저 떠난 부부와, 함께 자리하지 못한 회원들을 떠올리며 못내 아쉬워했다.

집에 돌아와 여행에서 찍은 사진을 들여다보며 나는 또 깃을 다듬고 날개를 추슬러 본다. 무릉원 조각배에서 우리 일행이 부르는 선구자 노래를 듣고 "제 고향이 바로 그곳 용정이에요."라고 말하던 우리 교포 가이드 진설화 양과 환자의 위급한 사태를 지혜롭게 대처해준 신사(한빛관광 김권식 대표이사)께도 깊은 감사를 드린다.

레인코트

    딸아이 가족이 미국으로 떠난 게 엊그제 같은데 돌아올 날이 한 달도 채 안남았다고 한다. 나는 또 망설이지 않고 비행기를 탔다. 지구 반대편에 있는 나라가 멀지 않게 느껴지는 건 아마도 마음이 늘 그쪽으로 가 있기 때문일 것이다.

    공부하느라 힘든 와중에 사위가 '영세' 받았다는 말을 들었을 땐 참으로 대견하다는 생각이 들었다. 서울에서 이민 오신 재미교포분께서 대부님이 되어주셨다니 그 또한 감사하고 감사할 따름이었다.

    내가 워싱턴 딸아이 집에 도착한 그 다음 날이었다.

    "엄마! 재은이 유치원 데려다주러 가는데 가 보실래요?"

    "그래, 한번 가 보자."

    밤낮이 바뀌었는데도 그리 피곤한 줄을 몰랐다.

    "어린 게 말이 안 통해서 힘들지 싶었는데, -오늘 보니까 영어를 우리말처럼 잘하는 것 같은데…"

"여기 선생님들은 아이들한테도 함부로 안 하고 인격적으로 대해주시는 것 같아서 크게 마음 쓸 일이 없었어요."

집에서 십여 분쯤 걸리는 조용하고 아늑한 숲속에 들어 앉은 규모는 그리 크지 않아 보이는 유치원이었다. 유치원 정문을 들어서자 저만치 안쪽으로 들여다보이는 널찍한 운동장이 워싱턴 DC의 여유로움을 느끼게 했다. 따라온 김에 우리 비비안나가 공부한다는 교실을 한번 기웃거려보고 싶었다.

복도에 들어서자 낯선 이방인 할머니를 미소로 반겨주시는 선생님들의 표정과 옷차림이 편안하게 느껴져 나도 미소 지으며 가벼운 목례를 했다. 널찍한 책상 하나를 가운데 두고 예닐곱 명이 둘러앉아 수업하게 돼 있는 교실 분위기도 아늑하고 푸근하게 느껴졌다.

교실 유리창으로 내다보이는 바깥 풍경 역시 수목들이 울창하게 우거져 있어 눈을 시원하게 했다. 가장 인상적이었던 건 유치원 마당에서 만난 어린 소녀였다. 유치원 마당 가장자리 조그만 돌의자에 걸터앉은 아기 소녀가 두툼하게 펼쳐 놓은 책을 고개 수그리고 들여다보는 대리석 조각상이, 유치원의 모든 걸 말해주는 것 같아 내심 부럽기도했다. 소녀상

옆에서 기념촬영을 하고 돌아오는 길이었다

"좀 전에 우리가 차에서 내릴 때, 대빗자루로 마당 쓸고 계시다가 우리를 반겨주신 그 할머니가 원장님이라고 했냐?"

"원장선생님 맞아."

"역시 본받을 만하다."

"여긴 사는 게 여유로워서 그런지 애들도 성격이 유순한 것 같아요."

"그럴 수 있지."

안젤라는 피아노 렛슨하랴 집안 살림하랴 바쁜 와중에도 틈틈이 나를 차에 태우고 백화점 등등 한 번쯤 가볼 만한 곳이라며 이곳저곳 아이 쇼핑을 즐기는 등, 색다른 곳을 데리고 다니느라 마음 쓰고 있었다. 사위가 다닌다는 조지타운 대학교 쪽으로 가고 있을 땐 학교 근처 대로변 화단에 무더기로 서 있는 싸리나무들이 가지를 흔들며 반겨주기도 했다.

백악관 앞 잔디밭을 도란도란 거닐어보기도 하고, 포토맥 강변에 줄줄이 들어서 있는 기념품 가게에 들러 예쁜 그림엽서도 샀다. 기념품 가게를 오르내리는 야트막한 층층 계단 바로 옆자리 한 뼘 남짓한 땅에 뿌리내린 억새꽃들은 우릴 보자마자 시원한 바람과 함께 허리 굽혀 반기며 내 어린 시절의 고향 이야기를 온몸으로 들려주기도 했다.

며칠 뒤에는 온 가족이 링컨 기념관에 잠시 들렀다가 알링턴 국립묘지를 방문했을 땐 우리나라 6·25전쟁 때 희생되었다는, 대리석에 음각해놓은 씩씩한 젊은이들의 모습에 가슴이 먹먹하고 눈시울이 뜨거워지기도 했다.

　졸업식 날 사위는 사각모를 쓴 졸업생들이 저만치 내려다보이는 층층 계단 편안한 위치에 우리를 안내해주고 졸업생들이 모여있는 자신의 위치로 갔다. 내 바로 옆자리에서 도란도란 주고받는 아주머니의 말소리가 귀에 들어와 내가 인사를 건넸다. 얘기하다 보니 상당한 재벌가 안주인인 것 같았다. 그분 역시 아들 졸업식에 축하해주려고 며칠 전에 오게 됐노라고 한다. 영어가 먹통인 나는 영예로운 졸업식장에 자리만 채우고 앉아있다가 돌아왔다.

　다음 날, 아침을 먹으면서 사위가 여행에 관한 얘기를 꺼냈다. 자신은 재은이 데리고 집을 남아있을 테니, 어머니하고 둘이서 여행을 다녀오는 게 좋겠다는 등의 얘기였다. 난 생각지도 못한 사위의 배려에 가슴이 찡했다. 그날로 우린 모든 계획을 세워 여행을 다녀오기로 했다.

　나이아가라 폭포를 찾아 나선 여행길, 잔뜩 부풀어 오른 기대와는 딴판으로 우리를 태우러 나온 관광버스는 폐차장에서 막 기어 나온 듯한 골동품이었다. 소수의 관광객 숫자에 맞추느라 크고 멋있는 신형 버스를 대절하지 못한 거라고 가이드가 겸연쩍어했다.

암튼 이 볼품없는 버스가 바퀴를 굴리자마자 어찌나 덜컹거리는지 첨단 문명사회와는 맞지 않은 기현상이었다. 목적지에 당도하기도 전에 황천객이 되지나 않을까 염려되기도 했다. 다행히 그런 불상사는 발생하지 않았지만 말이다.

버스의 품새야 어쨌든, 끝없이 이어지는 아스팔트길, 영화에서나 볼 수 있었던 드넓은 초원, 한가로이 풀을 뜯는 소떼…. 지난겨울 풍경을 그대로 붙들고 서 있는 바싹 마른 갈대꽃 가족들이 한참을 달리도록 무리 지어 반겨주고 있는 전후좌우 풍경은 오스카 와일드가 쓴 「행복한 왕자」의 "아름다운 갈대와 사랑에 빠진 제비"를 아련히 떠올려 주기도 했다.

연둣빛 푸르름 속으로 함께 달리는 투명한 물줄기, 온종일 대지를 달리는데도 사람이라곤 눈에 띄지 않았다. 도로변 잔디를 깎는 흑인 몇 사람을 지나쳤을 뿐이다. 초원 여기저기 칼라플한 지붕들이 눈에 띄는데도 사람의 모습은 보이지 않았다.

'저 아름답고 여유로운 환경 속에서 그들은 과연 얼마만큼의 행복을 누리며 살고 있을까?' 『바람과 함께 사라지다』의 여주인공 스칼렛의 어머니 엘렌이 연상되기도 했다. 나이아가라 폭포에 도착할 때까지 우리 딸 안젤라와 나는 멀미를 하거나 피곤한 줄도 몰랐다.

나이아가라 폭포를 유지·보존키 위해 연구팀을 따로 두고 있다는 가이드의 설명은 미국인들의 지극한 자연 사랑을 잘 증명해주고 있었다. 나룻배에 오른 우리 일행은 쏟아져 흐르는 폭포수를 거슬러 배를 저었다. 나는 안내원이 나누어 준 파란색 비닐 옷을 며칠 전 백화점에서 구입한 레인코트 위에 덧입었다.

인종을 초월한 관광객들! 장엄한 물소리! 자욱이 안개를 피워 올리는 나이아가라 폭포와 무지개! 나룻배를 뒤로하고 언덕에 다시 올라온 우리 일행은 이내 관광버스를 타고 소용돌이치는 나이아가라 폭포의 발치를 내려다보며, 벼랑 위에 걸쳐있는 다리를 건너 캐나다로 갔다. 미국과 캐나다를 이어놓은 아치형의 이 다리는 인간이 띄운 또 하나의 무지개였다.

"엄마, 세계적인 명소라고 할 만하지?"

"그래, 정말 장관이다."

캐나다 공원에서 바라보는 나이아가라 폭포는 그야말로 절경이었다. 아스라이 달려온 아메리카의 거대한 물줄기가 캐나다 수류를 만나, 반원의 깎아지른 절벽을 향해 곤두박질

치며 날아내리고 있었다. 그 웅장함을 한눈에 볼 수 있는 장소가 바로 캐나다 쪽이라는 말에 어긋남이 없었다. '참 아름다워라, 주님의 세계는.' 하느님에 대한 찬양이 저절로 튀어나왔다.

돌아오는 길에 뉴욕 라마다호텔에서 묵게 된 나는 벌써 오래전에 미국 시민이 되었다는 어릴 적 고향 친구를 만나보고 싶었다. 그 친구의 주소가 뉴욕이었기 때문이다. 그러나 당일은 너무 늦은 시간이었기 때문에 다음 날 아침을 기다리기로 했다. 우리 사위가 학위 받고 미국을 떠나기 전에 딸이랑 온 가족이 함께 와서 묵어가라고 했던 친구다.

이튿날 아침 눈 뜨자마자 친구한테 전화부터 걸었다. 하지만 받는 이가 없어 메모리만을 남겼을 뿐, 목소리도 들어 볼 수 없었다. 뉴욕에 머문다는 걸 미리 알리지 않은 내 탓이었으리라. 나중에 알았지만, 내가 전화했던 그 새벽녘에 친구는 골프를 치고 있었다는 이야기였다.

그런 줄도 모르고 나는 아침 내내 친구가 출근길을 틈타서라도 혹시 나를 만나러 달려오지 않을까… 시시각각 마음조였었다. 엎친 데 덮친 격으로 불자동차 사이렌 소리가 새벽부터 웽웽거리는가 하면 빨리빨리 방에서 나오라는 안내방송까지 떠들어대는 통에 옷장 속에 넣어둔 레인코트를 그만 챙겨오지 못했다는 걸 나중에야 알게 되었다. 라마다호텔 508호실에 놔두고 온 게 분명한데 말이다.

LA에 살고 있다는 사십 대 중반의 교포 부부, PX 경찰관이라는 교포 아줌마, 우리나라 군산에서 유학을 왔다는 학생 모자(母子), 팔순을 넘긴 친정아버지와 육순의 부녀(父女), 서울에서 오신 할아버지 할머니를 관광시키러 나왔다는 교포 청년, 미국 시민권을 얻었으니 미국에 뼈를 묻을 거라는 가이드의 자기소개, 그리고 갈색 피부의 운전기사… 모두 우리의 지구촌 가족이었다.

머나먼 이국에서 뿌리내리기까지 얼마나 힘든 세월을 견뎌냈을까. 각국의 교민들 얼굴을 대하다 보니 어딘지 모르게 안쓰럽기도 하고, 믿음직해 보이기도 하고 존경스럽기도 했다. 사흘 동안의 여행을 함께한 우리 관광버스 일행은 출발지인 워싱턴 아난데일에 도착하여, 재회의 약속도 없는 악수를 나누었다.

워싱턴 딸아이 집에 도착한 시간은 밤 아홉 시, 급히 호텔에 전화를 걸어 알아봤지만 속 시원한 대답은 들을 수 없었다. 다음 날 투숙객이 방을 비우면 그때 찾아보겠다는 의례적인 대꾸를 할 뿐 도리 없는 일이었다. 미국인들은 생명과

관계되는 일에는 촌각을 다투지만 웬만한 남의 일에는 무관심하다는 말이 피부로 느껴졌다. 호텔 측에서야 현재 묵고 있는 손님에게 우선한 예의겠지만 나로서는 옷장에 걸어두고 온 레인코트를 영영 못 찾게 될까 봐 조바심이 났다.

서울행 비행기표 예약이 다음 날 오전으로 돼 있던 나는, 밤을 새워서라도 라마다호텔에 다녀오고 싶은 마음이었다. 하지만 몸뚱이에 날개라도 달려있다면 모를까 두 다리를 이용할 수밖에 없는 내 형편으론 그럴 만한 거리가 아니었다. 심플한 스타일의 모자가 달린 크림 빛깔 레인코트, 그리도 마음에 꼭 맞는 옷은 다시없을 것만 같았다.

엄마가 여행 가방을 따로 가져가지 않았던 게 불찰이었다는 딸아이의 푸념도, 어른을 모시고 간 사람이 잘 챙겨야 했다는 사위의 핀잔도 끼어들었다. 하느님이 주신 보너스라고 탄성을 올렸던 나이아가라 폭포의 황홀함조차도, 잃어버린 레인코트로 인해 희미해지고 있었다.

다음 날 아침, 공항을 향해 집을 나서려는 순간, 전화벨이 울렸다. 레인코트를 워싱턴 여행사로 보내준다는 소식이었다.

"엄마 코트는 내가 잘 찾아냈다가 가져갈 테니까 걱정하지 마."

우리 안젤라의 다독거리는 말을 들으며 난 가벼운 기분으로 비행기에 오를 수 있었다. 그런데 난 서울에 온 이후에도 자꾸만 그 레인코트가 눈에 어른거려 꿈속에서까지 라마다 호텔을 들락거리곤 했다. 침대맡이나 의자에 걸쳐 뒀더라면 좋았을 걸 옷장에 넣었던 게 화근이었다.

라마다호텔 옷장은 기다란 문짝 전체가 거울인데다 화장실 바로 옆쪽에 있는 벽을 다 차지하고 있어서 누구라도 지나쳐버리기 쉬운 구조였다. 며칠 후, 아침 일찍 안젤라한테서 전화가 왔다.

"엄마! 내가 똑같은 걸로 사났다 가지고 갈게, 여행사에 가봤더니, 엄마 코트하고는 전혀 다른, 버려도 안 주워 갈 만큼 헌 것이었어. 바꿔 갔나 봐. 아무라도 갖다가 잘 입으면 되지 뭐."

"미국에도 그런 일이 있냐!"

"호텔은 여행객이 드나들잖아, 미국 사람들은 보석을 놔둬도 안 가져간대. 경찰에 신고하면 끝까지 추적해서라도 주인을 찾아 주겠다는데, 그만둘 거야. 그럴 시간도 없고."

"그래 잘했어, 그까짓 일로 더는 마음 쓰지 마라, 필요한 사람이 갖다가 잘 입으면 그것도 감사한 일이지."

돌이켜보니 우리 딸 안젤라와 함께했던 미국에서의 2박 3

일 관광은 참으로 꿈같은 순간이었다. 어린아이를 데리고 가면 불편하다면서, 외손녀와 둘이 집에 남아있겠다는 사위의 배려가 아니었다면 그처럼 산뜻한 여가를 누리지는 못했을 것이다.

그로부터 며칠이 지난 후, 귀국한 안젤라는 워싱턴 여러 백화점을 돌며 어렵사리 구했다면서 잃어버린 것과 흡사한 레인코트를 내놓았다. 안젤라의 정성은 감동이었지만 이전의 내 코트일 수는 없었다. 호텔 문을 나설 때 나를 애타게 불렀을지도 모를 크림 빛깔 레인코트. 종국에는 몸조차도 버리고 가야 할 이 찰나 속에서 나는 왜 그토록 사소한 인연에 얽매여 잠깐 동안이나마 상심했었는지 돌아볼수록 참으로 어리고도 딱한 노릇이다.

옛 친구라도 만났더라면 레인코트쯤이야 내 허전함 가운데서 그토록 활개 치진 않았으리라. 곰곰 헤아려보니 잃어버린 것은 레인코트보다도 또 한 페이지 끼워 넣고 싶었던 고향 친구와의 우정이 아니었던가 싶다. 이국에서의 짧았던 시간과 그 기억이 가져다준 아쉬움이 아직도 남아있으니 말이다.

나를 기다리는 그곳

굳이 고마운 것 하나를 짚으라고 하면 비행기를 꼽으리라. 비행기는 우리를 꿈의 기슭으로 안내하는 유일의 날개이기 때문이다. 모처럼의 여행은 울적한 마음을 정화시켜주고 정체된 자아에 활력을 불어넣어 주는 상비약이요 청량제다.

내가 샌프란시스코 공항에 내려 엘카미노 산호세 마을에 도착한 건 2010년 4월 14일 오후였다. 친구 미세스 윤의 집에서 하루를 푹 쉰 다음 날 오후, 나는 참으로 오랜만에 홀가분하고 산뜻한 기분이 되어 미세스 윤을 따라 길을 나섰다. 이 친구가 휴대전화를 통해 종종 들려주던 그곳, 대접보다도 큰 전복이 파도를 타고, 등딱지에 이끼 낀 레드랍(붉은 게)이 모여 시끌벅적 춤을 춘다는 자연을 찾아 길을 잡은 것이다.

시차로 인한 피로가 눈꺼풀을 잡아당겼지만 친구와 난 그

해변을 향해 자동차에 시동을 걸었다. 해질녘에 집을 나서는 건 물때를 맞추기 위해서라고 한다. 친구는 바다에 뛰어들 모든 장비를 이미 챙겨둔 상태였다. 썰물이 빠져나가는 새벽녘이라야 일 년에 두어 달 허용되는 해산물 채취가 가능하므로 그곳 바다에 인접해있는 러시안 리버(Russian River) 근처에서 하룻밤을 묵어야 한다는 것이었다.

여행길에 좋은 안내자를 만난다는 건 행운이 아닐 수 없다. 내 친구 지인의 부군 되시는 사무엘 김이 며칠 동안 시간을 쪼개어 승용차와 숙소는 물론 가이드가 되어주겠다고 자청해왔다고 한다. 사무엘 김 부부가 그 바다 근처에서 살고 있던 것이다.

산호세 시내에서 만나 자신의 승용차에 우리를 태운 사무엘 김은 고국에서 날아온 나그네에게 좀 더 알찬 기억을 심어주려고 운전하랴 설명하랴 애쓰는 마음이 감사하고 따뜻하게 느껴졌다. 딱한 사람을 보면 그냥 지나치지 못하는 성격의 미세스 윤이 그곳에서도 어떤 삶을 살고 있는지를, 나를 예우해주는 사무엘 김 부부의 표정을 통해 충분히 알 것 같았다.

해거름 속을 한동안 달려, 금문교를 내려다보고 있는 산등성이 비탈진 마을 길로 접어들었다. 마을 입구에서부터 가파르게 이어지는 오르막길을 숨 가쁘게 달려 맨 꼭대기에 올라왔을 땐 승용차뿐 아니라 대형트럭이 쉬어 가도 좋을 만큼 평평하고 여유로운 공간이 기다리고 있었다.

차에서 내려서자 눈 아래로 펼쳐져 있는 샌프란시스코의 밤은 은하가 쏟아져 내린 별천지였다. 내 눈엔 달동네로 보이는, 가장 높은 곳을 차지하고 있는 산꼭대기 마을이 그곳에서는 제일 부자 동네라고 한다. 조망권 값이겠지만 너무 가파른 지형이어서 나로서는 선뜻 이해하기가 어려웠다. 하지만 겨울에도 눈이 안 올 만큼 기후가 따뜻하다는 말에 고지대의 선호도를 이해할 수가 있었다.

네온사인이 번쩍이는 골목길을 오르내리며 요소요소를 돌아보는 동안 가장 인상적이었던 건 중국인 마을이었다. 남다른 붉은 색을 드러내며 그럴듯하게 자리하고 있는 건축물들이 서울 근교에서도 본 적이 있는, 차이나타운 바로 그것이었다. 금문교를 건설하다가 희생된 가족들에게 당시 정부에서 특별히 배려해준 지역이라는 사무엘 김의 설명을 들으며, 그분들 선조들의 희생과 고된 삶이 결코 헛되지 않았다는 걸 짐작할 수가 있었다.

샌프란시스코의 달동네를 빠져나와 골든게이트 브릿지(Golden Gate Bridge) 쪽으로 가는 도중이었다. 강가에 올망졸

망 떠 있는 요트를 발견하고 눈이 휘둥그레지는 나에게- 그 대부분이 레포츠용이 아닌 '가난한 자들의 둥지'라는 말을 들었을 땐- 경제 대국의 깊은 그늘을 보는 것 같아 씁쓸한 기분이 들기도 했다. 사무엘 김은 나에게 좀 더 많은 것을 알려 주기 위해 며칠 전부터 도서실에까지 들락거리며 예비지식을 습득했노라고 했다.

금문교를 건너 101(one o one) 프리웨이와 116번가를 지나 보헤미안 거리하고 이웃해 있다는 사무엘 김의 집에 도착했을 땐 자정을 훌쩍 넘긴 시각이었다. 나무가 많은 숲속이어서 그런지 차에서 내려서자 바깥 공기가 제법 싸늘하게 느껴졌다. 하지만 실내는 벽난로에 불이 활활 타고 있어서 훈훈하고 아늑했다. 그곳에서 요양 중이라는 원로 목사님 한 분이 우리가 도착하게 될 때를 알고 장작불을 지펴 놓았다는 것이다.

사무엘 김은 자신이 손수 만들었다는 그 벽난로를 두고 세계 유일의 예술작품이라는 등, 그럴듯한 유머도 빼놓지 않았다. 하얗고 검은 조약돌을 시멘트와 섞어서 목이 기다란 청자 화병 모양으로 둥그렇게 쌓아 올려, 거실 천정까지 뚫고 나가버린 굴뚝이 볼수록 정다웠다. 우린 거실에다 자리를 펴고 나란히 누워 이 얘기 저 얘기 늘어놓느라 쉬이 잠들지 못했다. 이튿날 새벽, 눈을 붙인 지 한두 시간도 채 안 됐지 싶은데 기상 벨이 울렸다.

태평양과 우리나라 독도로 이어진 러시안 리버 쪽으로 가는 길이라고 하며 사무엘 김이 차를 몰았다. 구불구불하게 언덕진 숲길을 단숨에 빠져나와 바다 기슭으로 날아오르자 동녘 하늘이 밝아오고, 삼면을 다 차지해버린 수평선이 붉은 기지개를 펴며 잔잔한 아침을 맞고 있었다.

이른 새벽이라야 해안의 바위들이 정강이에 붙은 생물들을 눈에 잘 띄도록 드러낸다는 것이다. 해안선을 따라 여기저기 무리를 이루고 있는 물개들의 움직임 또한 장관이었다. 물개가 많은 건 그들의 먹이가 풍부하다는 증거라고 하며 금문교 근처에서도 물개들의 무리는 어렵잖게 볼 수 있다고 한다. 가난한 사람들의 '둥지'라는, 강가에 정착해있던 요트 말고는 눈 닿는 곳마다 사람도 동식물도 풍요롭게 살아가고 있는 것 같아 얼핏 부러운 마음이 들기도 했다.

사무엘 김 부부와 내 친구 미세스 윤, 우리와 함께 온 미세스 진주 씨(氏) 등, 우리 일행은 숲속의 집에서부터 입고 나온 잠수복 차림으로 해안가 깎아지른 벼랑길을 주저 없이 내려서고 있었다. 나는 무릎 관절이 부실한 관계로 승용차에 그냥 남아 있기로 했다. 바닷물에 손이라도 담가볼까 생각했지만, 절벽 가까이 다가서기 무섭게 현기증이 일어 그만 뒤로 물러서고 말았다.

절벽 가장자리에 있는 좁다란 길을 따라 발걸음을 옮겼다. 수평선 너머에서 불어오는 바닷바람을 온몸으로 들이마시며 호젓이 산책을 즐겼다. 눈에 익은 산딸나무와 키만 멀쑥하게 커버린 서양 소나무들 사이로, 나이테의 절반은 흙에 파묻힌 채로 기다랗게 드러누워 있는 아름드리 통나무도 눈에 띄었다. 멀리서 가까이서 요트가 파도를 가르며 미끄러지고, 물새들은 수면을 차고 날아다니며 끼욱 끼이욱, 내 고향의 노랫소리를 들려주기도 했다.

미국에서는 어느 지역이든 허가증을 지참해야 어획이 가능하고, 레드랍이든 전복이든 길이를 자로 재어 규정 이하의 어린 것들은 놓아주도록 법으로 규제하고 있다고 한다. 규칙을 어길 경우 엄청난 벌금이 부과됨은 물론 허가증이 취소될 수도 있단다.

내 친구 미세스 윤은 전복 하나를 겨우 건져왔다고 하며 내놓았다. 그날따라 허리춤까지 차오른 바닷물이 심하게 출렁이는 통에 허락된 세 개는커녕 한 마리 잡아 오는 데도 쉽지 않았다고 아쉬워했다. 우리 고장 김제시에서 멀지 않은 심포항에도 바닷물이 빠지는 간조 때가 되면 생합 죽합 망둥

어들이 기름진 개펄을 다투어 수놓곤 했었다.

숲속의 집으로 돌아온 우리 일행은 그 새벽에 잡아 온 전복과 성게 미역 등을 사무엘 김이 도맡아 손질까지 해서 내놓아, 분에 넘치는 만찬을 즐겼다. 집 모퉁이에는 대여섯 명은 족히 탈 수 있는 요트가 자리해 있고, 대나무 숲으로 드리워진 꽤 넓은 마당 가에는 우리 토종으로 보이는 진돗개가 순한 눈빛을 보내며 묶인 목줄을 벗어나지 못해 제자리만 맴돌며 꼬리를 흔들었다. 그 진돗개는 신통하게도 고향 사람을 잘 알아본다고 한다. 언제라도 우리 한국 사람이 오면 절대 짖어대는 일 없이 꼬리를 흔든다며 칭찬이 자자했다.

오후에는 대나무 숲 뒤쪽에 있다는 '더치빌'이라는 개울로 가자며 발걸음을 옮겼다. 예전에 살았던 집주인이 '더치빌크릭'이라는 자신의 이름을 붙여 더치빌 개울이 되었다고 한다. 레드우드 나무가 온통 점령해버린 산기슭을 굽 돌아, 언덕진 대나무 숲 발치를 향해 곤두박질치며 달아나는 더치빌 개울을 거슬러, 해마다 3~4월이 되면 산란기의 연어 떼가 몰려와 경이로운 풍경이 펼쳐진다고 한다.

눈 닿는 곳마다 엄청난 굵기의 레드우드 나무가 하늘을 찌르고 있어 사무엘 김의 그럴듯한 단층 양옥이 납작해 보일 지경이었다. 두꺼운 껍데기와 촘촘한 결 때문에 벼락을 맞아도 잘 타지 않고, 눈비에도 강하다는 레드우드 나무가 빼곡히 들어서 있는 '마운자이언'이라고 하는 십육만 평이나 된다는 그 넓고 후미진 숲속에, 주인 없이 방치되어 있는, 벌겋게 녹이 슬어 있는 레일로드가 변화무쌍한 시대의 변천을 대변해주고 있었다.

그 레일로드는 금문교가 생기기 이전에 미국에 이민 온 중국인들이 값싼 노임을 받아 가며 벌목한 목재를 실어 나르는 교통수단으로 이용되었고, 그 목재는 주로 그 지역 이태리계 미국인 회사의 시거 박스용으로 사용되었다고 한다. 샌프란시스코의 금문교가 붉은 색깔로 되어있는 것은 그 다리를 건설하는 과정에서 중국인 노동자들이 흘린 '피와 땀의 상징'이라는 사무엘 김의 말을 듣고 보니, 샌프란시스코의 달동네를 점한 중국인 마을이 남다르게 느껴지기도 했다.

레드우드나무는 기와를 대신하여 사용하는 경우 백 년은 끄떡없는 건축자재로 꼽는다고 하며 사무엘 김 자신의 집도 그 나무로 지은 집이라고 했다. 샌프란시스코에서 승용차로 한 시간 남짓 거리밖에 안 된다는, 천혜의 청정지역인 레드우드 나무숲과 바다가 인접해 있는 그곳에다 사무엘 김은 호텔을 짓고, 보다 더욱 아늑한 분위기를 조성하여 삶에 지친 사람들이 찾아와 쉬어갈 수 있도록 봉사하는 삶을 살고 싶다는 포부를 펼쳐 보이기도 했다. 물론 지금도 동화 같은 삶이라고 자부심이 대단했지만 말이다. 서울에서의 화려했던 삶을 뒤로하고, 이국의 하늘 아래 뿌리내린 그의 성실성이 역시 우리 한국인임을 증명하고 있었다.

이튿날 산호세 친구의 집으로 돌아오는 길에 사무엘 김은 우리를 몬트레이 해변으로 안내했다. 끝없이 펼쳐져 있는 바닷가 모래밭에 서서 하얗게 부서지는 포말을 바라보며, 꿈엔 듯 스쳐 가 버린 나의 청춘을 소급해보기도 했다. 미국은 어딜 가도 산악지대가 많은 우리나라에 비해 물이 많고 경작할 대지가 넓은 게 좋아 보였다.

『바람과 함께 사라지다』의 배경인 애틀랜타 관광은 이번 여행에서는 접기로 하고, 나선 김에 몬트레이 해변에서 가깝다는 존 스타인백의 생가를 돌아보기로 했다. 『분노의 포도』, 『에덴의 동쪽』 등을 남긴 존 스타인백의 생가! 우리가 도착했을 땐 개방 시간이 경과되어 건물 외부만 둘러보았을 뿐, 정작 그의 체취가 배어있을 실내에는 들어가지도 못했다.

소박하게 가꾸어진 정원의 '존 스타인백'이라는 팻말 앞에서 기념촬영을 하고 뜨락 벤치에 앉아서, 멀리 올려다보는 하늘이 그날따라 왠지 더 푸르고 넓고 높아 보였다. 훌륭한 작가를 탄생시킨 그 고장 주민들은 관광 수입만으로도 어렵잖게 생활한다는 말을 들었을 땐, 마음 한구석이 허전해지기도 했다.

며칠 뒤에는 내가 유독 학교에 관심이 많다는 걸 누구보다잘 아는 친구가 집에서 그리 멀지 않다는 스탠퍼드 대학교를잠시 들러 보자며 차를 몰았다. '발자국에 피어난 꽃'이 얼마나 위대하고 자랑스러운 것인지 구경시켜주겠다는 것이다.교정에 들어서자 해묵은 아름드리 나무들이 아들 손자며느리를 주위에 거느리고 오순도순 어울려 살아가는 풍경이 참으로 자연스럽고 포근해 보였다.

우리나라 농촌에서 흔히 볼 수 있는 붉은 기와지붕의 나지막한 학교 건물들도 인상적이었다. 꽤 넓어 보이는 캠퍼스가예전에는 말 목장이었는데 릴런드 스탠퍼드(Leland StanFord)라는 사람이 아직 어린 소년이었던 자신의 외아들을 장티푸스로 잃고 나서, 아내에게 캘리포니아 젊은이들을 모두 자녀로 삼자면서 자신의 소유인 이 땅을 '대학교' 부지로 내놓았다는 것이다. 그리고 1891년 10월 1일 스탠퍼드라는 이 학교를 개교하게 되었다고 한다.

돈이 없어도 반에서 상위 10프로 안에만 들면 입학도 가능하고, 형편이 어려운 학생들한테는 등록금, 기숙사 식비까지면제해준다는 말을 들었을 땐 눈물이 핑 돌 만큼 부럽다는 생각이 들기도 했다. 자신의 슬픔을 타인을 위한 사랑으로 승화시킨 이들 릴런드 스탠퍼드(Leland StanFord) 부부가 남겨놓은 발자국이 그 어느 무엇보다 빛나 보였다.

　며칠 뒤에는 나 혼자서 여행사를 통해 패키지여행을 떠났다. 친구는 연거푸 짬을 내기가 어려운 형편이기 때문이었다. 그런 와중에도 이 친구는 아침 일찍 관광버스가 대기하고 있는 곳까지 나를 자신의 승용차에 태워 바래다주며 어느 틈에 준비했는지 내가 좋아하는 삶은 옥수수와 과일 등 제법 큼지막한 주전부리 꾸러미를 옆 사람과 나눠 먹으라며 건네주는 것이었다. 그 인정에 난 코끝이 시큰하여 말을 잇지 못했다.

　관광버스는 한참 동안을 달려 요세미티 국립공원 깊숙이 돌아 들어갔다. 엘캐피탄 바위, 면사포 폭포, 삼단 폭포, 세미티 폭포 등, 물안개를 자욱이 내뿜으며 뛰어내리는 폭포수 발치로 다가가 손을 담그자 머리 위로 마구 흩날리는 물방울이 옷깃을 여미게 했다. 아스라이 올려다보이는, 절벽 꼭대기에서 쉴 새 없이 쏟아져 내리는 그 엄청난 양의 폭포수 물줄기가, 겨울 동안 쌓였던 눈이 녹아내리는 현상이라는 데는 신기하고 놀라울 따름이었다.

황막하기 이를 데 없었지만, 태고의 신비를 간직하고 있는 그랜드캐니언, 경비행기를 이용하여 기기묘묘 불가사의의 협곡을 관람할 예정이었지만 예기치 못한 바람이 거세게 몰아치는 통에 그만 아쉽게도 비행기를 타고 하늘에서 내려다보는 재미는 취소되고 말았다. 경비행기를 타려면 운이 따라줘야 한다고 가이드도 아쉽다는 표정을 건넸다.

서부 은광촌 고스트 타운을 들러, 이십여 년 전부터 비가 내리기 시작하더니 지금은 초원으로 바뀌고 있다는 모하비 사막을 가로질러, 콜로라도 강변에 있는 천혜의 휴양지와 라스베이거스의 휘황찬란한 밤거리를 들러서 4박 5일 만에 다시 산호세 친구 집으로 돌아왔다.

샌프란시스코 공항에 도착했을 때, 열 일을 제치고 마중을 나와준 친구 미세스 윤, 여행길의 보람을 안겨주신 사무엘 김 부부와 이국의 아름다운 풍경 속으로, 자신의 차에 나를 태우고 다니며 산책도 하고, 쇼핑을 도와주신 엘라 할머니, 고마운 이웃 사람들, 박 권사님이 주신 전별금은 내 책상 서랍 속에 간직해두었다. 이 모두 고맙고 믿음직한 내 친구 미세스 윤이 닦아놓은 음덕이 아니고 무엇이랴.

미국에서의 체류가 간밤의 꿈인 듯 선연하다. 두고두고 잊히지 않을, 인연의 향훈이라고나 할까.

흙으로 가는 아름다운 여행

　이 글을 적으려니 해질녘 갈대꽃 흩날리는 바닷가 모래사장을 한없이 홀로 걷는 심정이다. 내 나이 어언 칠십이 넬모레이니 예기치 못한 어느 날 죽음을 맞이했을 때 정신이 어떤 상태일지 알 수 없기에 몇 자 적어보려고 한다. 너희들은 내 생애에 가장 귀하고 값진 하느님의 선물이었다. 지난 삶을 돌이켜보니 주어진 것에 대한 감사보다는 부족한 걸 채워 보려고 딴은 부단히 노력해 온 세월이었다.

　범사에 감사하라는 하느님의 말씀과 급변해 가는 사회에 대해 미처 깨닫지 못한 채 말이다. 훗날 너희들은 자식들 앞에서도 '참 행복했었노라'고 회고해 볼 수 있는 삶의 여정이기를 기도한다. 어떤 어려움이 있더라도 고통에 머무르지 말고 주님께 맡기렴. 하느님께 부르짖는 기도는 육신의 치유뿐 아니라 소망과 마음에 평안을 주신다. 딸아 아들아, 시간의 노예가 되지 말거라. 너무 바쁘게 살다 보면 내면 성찰의 기회를 놓쳐버린 채 자신마저 잃게 되니 말이다.

원대한 포부가 있다 하더라도 순간순간의 소박한 행복을 소홀히 하지 말거라. 참된 행복이란 단란한 가정에서 비롯되는 거란다. 범사에 감사하고, 자신 안에서 겸손이 빠져나가지 않도록 유의하거라. 내 작은 손해가 타인에게 큰 유익이 될 경우에 임하거든 주저하지 말고 손해 보는 쪽을 택하거라. 정당하지 못한 승리는 깨끗한 패배의 의연함만 갖지 못하다. 인생이란 아무리 치열하게 살아봐도 결국 무승부게임이다. 돈이나 명예보다는 마음의 평온을 추구할 것이며, 하느님을 중심에 두고 판단과 결정을 하거라.

또한 목적을 위해 과정을 경홀히 하지 말아라. 덕은 숨어서 베풀고, 받은 은혜는 뼈에 새겨야 하느니라. 자신의 허물에는 엄격하되 남의 실수에는 관대함을 보이거라. 모든 덕행의 근원은 손해를 감수하는 데 있는 거란다.

사람의 사귐에 있어서는 가까이 다가갈수록 편안한 느낌을 주는 인간이 되어야 한다. 어떤 현실에도 누구의 감언이설에도 이성이 흔들려서는 안 된다. 겸손과 성실, 정직과 신뢰, 지혜와 명철이 유실되지 않도록 끊임없이 내면을 가다듬어라. 사회적 출세보다는 인품의 성공에 초점을 맞추어라.

여운이 아름다울 수 있는 매 순간을 살아 주기 바란다.

나는 오래전부터 죽음을 위해 기도했다. 만일 치매에 걸리거나, 나을 수 없는 질환으로 혼미한 상태에 이르거든 인위적으로 생명을 연장하지 말고 하느님께로 쉬이 갈 수 있도록 기도해다오. 그것이 진정 이 어미에게 효도하는 일이다. 먼 길 떠날 때 신부님으로부터 종부성사를 받게 된다면 더 바랄 게 없으리라.

수많은 생물과 무생물, 손때 묻은 서적들, 뭇 별들과 한 줄기 바람, 높이 뜬 구름에도 인사를 하고 싶구나. 그들이 나에게 얼마만큼 소중한 빛이었는지, 풍요와 기쁨을 안겨주었는지에 대해서는 굳이 말하지 않으마. 형제자매의 한량없는 사랑, 다정했던 이웃들, 오랜 벗과의 정회도 돌아볼수록 감사하고 따뜻하다.

사랑하는 아들아 딸아! 너희들이 있어 행복했다. 이제 정말 작별이구나. 먼 나라에 가서도 힘닿는 한 너희들을 위해 기도하마. 끝으로 내 시신은 화장하여 용기에 담지 말고 일손이 쉬운 곳에 묻어주렴. 하느님의 가호가 너희와 늘 함께 해주시기를 기도드린다. 내 죽음을 슬퍼하지 말아라. 만나고 헤어지는 섭리는 우주의 질서이니 우리 모두 거기 동참하는 과정이란다. 그럼 잘 있거라. 안녕~, 안녕히 ―.

*흙으로 가는 아름다운 여행 『죽음, 그 가깝고도 먼 길』 한국여성문학인회
대표문집 112인의 미리 적어보는 유언장 공저

발문

정지연 작가님의 글에 부치며

제병영 한국예수회 신부

작가와 독자가 맞물려 돌아가다가

우한용 소설가, 서울대 명예교수

가족 간의 사랑보다 더 소중한 것은 없다

이승하 시인, 문학평론가, 중앙대 교수

정지연 작가님의 글에 부치며

인간의 삶을 건너가고자 하는 길목에서 자신의 삶을 엮어서 만든 이야기는 사랑을 노래하고 있습니다. 자연, 인간과 맺고 살아가는 여러 순간을, 사랑이 담긴 언어의 유희로 노래하고 있습니다. 그 사랑의 이야기를 이렇게 담아 보고 싶습니다.

그렇게 사랑하고 싶었습니다
새벽안개 헤치고 달려오는 햇살
그 찬란함으로 사랑하고 싶었습니다.

노을 타고 스며드는 산들바람
그 감미로움으로 사랑하고 싶었습니다
당신은 햇살의 찬란함으로
산들바람의 감미로움으로
나를 눈뜨게 했음에.

겨운 시름을 울어 주는 이여
허망한 그림을 아파해 주는 이여
당신이라 부르는 삶 어느 곳에
나를 깨우는 햇살로 오시는 이여
나를 울리는 노을로 오시는 이여.

당신이 내 우주임을
당신이 내 기쁨임을
깨우침으로 사랑하고 싶었습니다.

내 이름을 부르는 이여
나를 불러 존재하시는 이여
당신은 우주의 그 영원함으로
기쁨 그 끝없음으로

나를 눈뜨게 했음에.

세월을 빚어 당신을 부르듯
그렇게 사랑하고 싶었습니다
그렇게 사랑하고 싶었습니다. 🦢

작가와 독자가 맞물려 돌아가다가

정 작가의 글에는 고향에 대한 짙은 애정이 드러나 독자를 글 속으로 끌어들인다. 고향에 대한 기억이 누구에게나 선명한 것은 아니다. 고향에서 부모의 짙은 사랑을 받고 살아야 그 애정이 짙게 돋아나 오래 가는 법이다. 고향에 대한 애정 가운데는 부모의 애틋한 사랑이 포함되기 마련이다.

고향 동네 '노을'을 보고 싶어 자매가 차표를 사고 고향으로 달려간 이야기가 「물 피리가 있는 고향」이라는 글이다. 고향 동네, 어렸을 적, 아버지와 지낸 기억, 막걸리 나눠주시던 아버지, "남한테 들리지 않을 만큼의 지혜만 있으면 된다."던 아버지의 말씀을 회상하기도 한다. 맑은 물에 뛰놀던 물고기, 놀부 심성 닮은 팽순네 아버지에 대한 추억, 도랑의 '물 피리 소리' 그리고 왁왁대며 울어재키는 개구리 소리, 밀가루 개떡 만들어주던 어머니 추억, 아버지 제사를 모시고 서울행 버스를 타고, '서울로 올라가는 길이 마치 객지에서 고향으로 돌아가는 기분이었다.'고 할 정도로 고향이 낯설어지기도 했다. 고향 찾아가 여러 추억을 점검하고 난 후의 그 심정이 이렇게 표현되어 있는 것이다. '물 피리 소리'란 표현은 가히 시적이다. 냇물이 졸졸 흐르는 소리, 그것을 새롭게 명명하는 언어 감각이 돋보이기도 한다.

「눈 오는 날」은, 제목만 보아도 고향과 연관된 여러 가지 생각을 하게 한다. 어려서 병치레를 자주 했다는 건 많은 독자들이 공동으로 가진 체험일 터이다. 병치레를 하지 않아도 애들은 어른들에게 늘 물가에 놓아둔 아이 아니던가. 아무튼 '눈'과 연관하여 부모들 바쁘게 돌아가던 삶을, 그리고 효도할 겨를 없이 세상을 뜬 아쉬움을 반추하면서 아버지가 눈 속을 뚫고 '약'을 구해온 이야기를 펼친다. 김종길의 「성탄제」에 나오는 아버지상을 떠올리게 한다. 눈 속을 헤치고 아버지가 따온 산수유 열매가 사랑이 되어 핏속을 흘러가는, 부모의 자식 사랑 그 대물림…. 그건 내가 부모 나이가 되어야 비로소 안다는 야박한 진실이다. 진실은 때로 가슴을 아프게 찔러오기도 하는 법이 아니던가.

애가 병치레를 하면 부모들은 별별 약을 다 구해다 먹이게 마련이다. 그런데 '천병만약'이라고 했다. 아이들 기침에 왕탕이 벌집을 달여 먹이면 즉효라는 담방약 처방이 돌아가던 때였다. 눈이 와야 벌들이 활동을 하지 못한다고 촌로들이 이야기를 했다. 아버지는 벌집이 있는 데를 보아두고 눈 내리기를 기다렸다. 드디어 눈이 내리고, 아버지는 바지게에다가 장대를 짊어지고 벌집을 찾아 나선다.

해묵은 참나무 가지 사이 호박등 같은 벌집이 달려 있다. 아버지는 장대로 벌집을 살살 건드려 본다. 벌이 몇 마리 위잉 위잉 날아난다. 등뒤로 머리 위로 윙윙 경고음을 울리며 선회하는 벌들. 한쪽 팔을 휘둘러 벌을 쫓아가며 장대로 벌집을 겨냥하여 내려치기를 거듭한다. 깨금발을 해도, 점프를 해도 벌집은 장대 끝을 벗어나고, 벌들이 눈속에 처박히기는 커녕 떼를 지어 달려든다. 그야말로 벌떼처럼…. 아버지는 장대를 들고 몇 차례 도약을 해서 벌집을 나뭇가지에서 떼어냈다. 그 사이 벌들이 목이며 귓전 눈두덩까지 안 쏘인 데가 없을 정도로 공격을 당했다. 아버지는 이를 질끈 물고, 벌집을 바지게에 지고 집으로 돌아왔다. 얼굴이 퉁퉁 부어오르고 턱이 남의 살처럼 뻣뻣해진다. 어머니는 어디서 들었는지 벌

쏘인 데는 꿀을 발라야 낫는다고, 벌집에서 훑어낸 꿀로 아버지 얼굴에 꿀맛사지를 해 주었다. 여기까지는 당시 정황에 대한 나의 허구적 상상이다. '그 겨울 나는 벌집 달인 약물을 먹고 기관지 천식을 벗어났다.' 작가는 그렇게 기록하고 있다.

벌집 이야기를 읽다 보니 벌집과 관련된 내 기억 두 가지가 되살아난다. 하나는 노모와 연관된 것. 노모가 말년에 뇌졸중 투병생활을 하셨는데, 벌집을 달여 먹으면 효험을 본다고 해서, 경동시장을 비롯해서 여기저기 벌집을 사러 다녔다. 벌집을 사가지고 오면서 나는 어머니가 병고를 벗어날 신통한 약재라는 생각보다는 벌집이 얼마나 아름다운 구조와 현란한 색채를 지니고 있는가 하는 데 빠져, 미에 대한 명상을 했던 것이다. 정성이 안 들어가 그랬는지 벌집은 별 효험이 없었다.

다른 하나는 벌에 쏘여 기절할 뻔한 기억. 상림원桑林苑을 조성하기 위해 맨 먼저 한 일이 정자를 세우는 거였다. 말이야 정자라 하지만, 농기구 비 피하게 하는 모정茅亭 비슷한 가건물이었다. 처음에는 거기 앉아 시도 쓰고 막걸리도 마시자고 다짐을 두었는데 일하고 샤워하고 하는 사이 정자를 돌볼 일이 없었다. 그런데 어느 가을날 정자 옆에 붉나무 단풍이 너무 고와 사진이라도 찍어 두려고 카메라를 들고 정자로 다가갔다. 어디서 벌들이 한 마리 두 마리 날아와 내 머리 위를 선회하며 등으로 달려들었다. 마침 모자를 챙기지 않고 카메라만 들고나온 뒤였다. 카메라와 함께 들고 있던 대나무를 휘두르며 정자 안으로 들어갔다. 벌떼가 와르르 달려들어 머리를 공격했다. 주저앉지 않으려고 정신줄을 조이면서 뛰어도망쳤다. 얼굴이 부어올라 눈이 안 떠질 지경이 되었다. 병원에 가서 주사 맞고 약 먹고…. 소방서 찾아가서 벌집 제거 소원을 넣고…. 소방대원들이 장구 갖추고 따낸 벌집이 어찌나 아름답던지, 그거 나한테 주고 가면 안 되는가 물었다. 벌집 제거 증거물로 남겨야 한다는 대장(?) 말이 거짓으로만 들렸다. 아직도 머릿속이 군시러운 때가 있다. 벌침이 덜 빠진 모양이다. 아무튼 머리가 군시러울 때마다 벌집의 조형미와 색조가 머리에 떠올라 나는 미와 고통을 함께 생각하게 되는 것이다. 나에게는 벌집 달여 먹여야 할 기관지 천식 앓는 아이는 없었다.

고향은 어머니를 떠올리게 한다. 어머니는 자식의 아름다운 기억을 위해 옛날처럼 살아야 한다. 「차표 한 장」은 고향의 어머니에 대한 절절한 그리움을 환기하는 글이다. 그 어머니가 '네 자매'를 두신 모양이다. 절절한 형제애, 눈물겹다. 고향은 부모형제와 함께 집 근방에 서 있던 나무들도 추억의 한 자락으로 남아 있게 마련이다. 「감나무」에 이런 구절이 나온다.

'겨울이면 홍시 서너 개 맛있게 파먹고 남은 껍질로 등롱하나쯤 밝혀둘 줄 아는 깍쟁이 손님…. 나는 저 친구들을 볼 적마다 마당에 고향을 들여놓은 것 같아 마음 한구석이 훈훈해진다.'

내가 가끔 매만지는 말 가운데 하나가 '까치밥'이라는 것이다. 가을에 감을 딸 때 장대가 닿지 않아 그대로 두는 감을 그렇게 부른다. 겨울 푸른 하늘 아래 주홍빛으로 빛나는 '까치밥'은 공덕 깊은 성인의 '사리'를 생각하게 한다. 사다리놓고 올라가 감을 몽땅 따내는 게 아니라 까치 먹으라고 남겨놓는 그 인정은 언제나 홍시 빛깔로 내 안에 남아 있다. 정작가도 그러할 것이다.

사람 살아가는 일 가운데 아이들 가르치는 '교육'에 무관심할 부모가 어디 있겠는가. 자녀교육이 진부한 소재라도 그게 많은 독자의 관심 대상이 되는 것은 독자가 자신의 지금 일이거나 지난 일이었기 때문일 터이다. 「아직도 남아 있는 한 획」은 미대에 입학하기 위해 시험에 응시하는 학생과 학부모의 이야기이다. 시험장에서 마지막 한 획을 허용하지 않는 시간제한 때문에 학교와 연이 닿지 않은 이야기. 물론 그 앞에 아들 입시에 데리고 갔던 이야기가 깔려 있다. 특히 연탄 때는 하숙방에서 가스 중독이 되어 토했던 어머니 이야기. 이 글을 읽으면서 나는 내가 대학 입학시험 당시 그 속쓰린 장면을 떠올렸다.

나는 고등학교 3학년 때 입주아르바이트를 하고 있었다. 주인댁에서는 아이들 교육을 위해 서울 신당동에 집을 얻어 형제들이 기거하게 했다. 내가 가르친 고등학교 입시를 앞둔 학생과 재수를 해서 다시 시험을 봐야 하는 그의 형, 그리고 대학 입시를 치러야 하는 나까지 자취방에서 식사를 해결하고 결전장으로 가야 했다. 시험을 앞두고 잠을 자야 하는데 이 집 형제들은 야행성인지 새벽까지 떠들며 놀다가 비빔밥을 해서 먹느라고 난리법석이었다. 같이 먹자고 권하는 걸 못 이겨 조금 얻어먹고 누웠는데 속이 메슥거리고 골치가 깨어지는 것처럼 아파왔다. 화장실에 가서 토하고 찬물로 세수를 해서 정신을 수습하고는 겨우 시간을 대어 집을 나섰다. 청계천 판자촌을 지나는데, "새것 한번 맛보자, 놀다 가라!" 분홍색 쉐타 입은 아가씨가 옷소매를 잡았다. 그날 시험장 난롯불이 너무 뜨거워 진땀을 흘렸다. 겨우 합격선에 들었던 모양이다. 나의 일이니까 이렇게 태연하게 이야기하지, 그게 우리 애들 일이었다면 그럴 수 없었을 게 불을 보듯 훤하다.

아이들 기르다 보면 아찔한 순간들이 겹쳐 지나가곤 한다. 그런 아찔한 순간의 기억은 자식들이 자신의 통과의례를 거치는 지점에서 회상되곤 한다. 「막둥이가 군대 가던 날」은 막둥이 어렸을 때, 갑작스럽게 열이 오르고 기침을 해대서 전직 간호사를 소개받아 주사를 맞았다. 즉효를 장담하던 것과는 달리 발진이 나고 눈도 안 뜨는 상태가 된다. 교회 사모님과 기도원에 가서 아이를 강대상 앞에 눕혀 놓고 밤새워 기도한 결과 새벽에 아이가 씻은 듯이 나아 집으로 돌아온 이야기를, 아들 훈련소에 들어가는 장면에서 회상하는 내용이다. 내 이야기도 조금 끼워 넣는다. 막내가 군에 입대하던 날, 하늘이 맑고 땡볕이 대지를 달구었다. 훈련소까지 차를 태워 가는 동안, 군대에서도 배울 게 있다는 얘길 했다. 그런데 훈련소 입구에서 아이가 손을 흔들어 인사할 때, 나는 고개를 돌리고 말았다. 아내는 손수건으로 볼을 찍어내고 있었다. 아내 등 뒤로 옥수수가 튼실하게 자라는 게 보였다. 옥수수자루처럼 실감으로 다가오는 아들, 모처럼 깨어나는 감각이었다.

인간의 자식사랑은 거의 본능적이다. 모성이 지향하는 '방향은 처연하기까지 하다. 파김치 익은 걸 식탁에 올리면서, 그거 좋아하는 딸 생각을 한다. 시장에 나가다가 팔려고 내놓은 강아지를 보게 된다.

'제 어미의 품을 떠나 새 주인한테로 뿔뿔이 팔려나가는 녀석들의 모습이라니! 몸을 푼 어미 개는 새끼들이 배부를 만큼 젖을 충분히 못 먹였을 땐, 입에 대서는 안 될 것조차 가리지 않고 허겁지겁 주워 먹고는, 죽게 된 순간에도 구덕으로 먼저 뛰어들어 제 새끼들을 시퍼렇게 들여다본 후에야 쓰러진다.'는 것이다. 나는 태어났을 때 산모가 젖이 안 돌아 십리를 가서 쌀 구해다가 미음 끓여 먹여 살렸다던 어머니 생각이 떠오른다. 어머니만큼 가까우면서도 다루기 힘든 소재가 달리 없다. 모정과 글 사이의 거리유지가 쉽지 않기 때문일 터이다.

이전 시대까지 여행은 소설가들에게 많은 특혜를 부여했다. 여행에 나서는 작가는 온갖 위험을 무릅써야 했다. 그러나 여행이 작품으로 구체되었을 때, 독자들은 자신이 모르는 세계에 대해 새로운 소식을 얻어듣게 되고, 세계를 바라보는 안목을 확장할 수 있었다. 이제는 여행이 일상화되었다. 따라서 얼마나 넓은 영역을 여행했는가 하는 문제보다는 그 여행에서 생의 감각을 어떻게 불러일으켰고, 어떤 깨달음에 이르렀는가 하는 데에 독자들의 관심이 집중되게 마련이다. 정작가의 여행기라 할 수 있는 글 가운데 「장가계의 비경」 한 대목이 가슴 짠하게 다가온다.

중국 명산을 여행하다 보면 흔히 가마꾼들을 만난다. 맨몸으로 걸어 올라가기 힘들어서 가마꾼들에게 의탁하는 일이 생기기도 한다. 거기 대개는 흥정이 있게 마련이다. 태울 때는 일인당 만원을 이야기하다가, 내릴 때면 일만원 더 내라 하는 장면이 벌어진다. 무릎이 부실한 정 작가는 가마를 타고 산을 올라간다.

'절벽을 내려다보며 들것 의자에 올라앉는 내 육신은 문명의 이기가 주는 안락함과는 또 다른 편안함을 누릴 수 있었다. 하지만 눈앞에서 움직이는 토가족 소년의 어깨 근육이 편안한 무릎 대신 내 마음을 아프게 했다. 육십 킬로그램을 두 어깨에 올린 약관의 소년, 눈망울이 초롱초롱한 내 아들 또래의 인생 행로다.

신선이 아닌 인간의 몸으로 무릉원에 태어났기에 비껴갈 수 없는 그들 몫의 무게인지도 모른다. 계단 중간쯤 지났을 무렵, 들것을 멘 두 소년 중 한 사람이 나에게 뭐라고 말하는 것 같아 자세히 귀 기울여 들어보니 팁 만원 팁 만원 하는 소리였다. 순간 나는 "속임수에 능한 사람들이니 조심해야 한다."는 어떤 관광객의 당부가 문득 생각나 노노라고 급해 대답해 버렸다.

 소년은 노라는 내 말을 한번 듣고는 잠잠했다. 이내 그들과 헤어진 나는 만원을 선뜻 얹어주지 못한 그 순간의 실수를 두고두고 후회해야 했다. 인생의 아침을 지나는 그 소년의 꿈이 부디 들것에 머물지 않기를… 고단한 그들의 두 어깨에 푸른 날개가 돋아나기를 기도했다.'

 정 작가는 나와는 생각의 방향이 조금 달랐다. 나는 그런 가마를 애시당초 타지 않았다. 다리가 성했기 때문이기도 하고, 가마에 실려가는 동안 가마꾼들이 내뱉는 할할하는 숨소리를 들으며 어떤 계기에 인간은 천역(賤役)을 택하는가 그런 생각을 하기 싫어서였다. 그리고 나는 기도할 신을 모시고 있지 않았다. 장가계를 여행하면서 나는 명제를 하나 얻었다. '절경은 인간에게 먹을 것을 내주지 않는다.'는 것이었다. 산이 험하고 물이 깊으면 거기서 농사를 지을 수 없다는 생각이 그런 표현을 얻었다. 풍경이 적절히 수려해서 들도 있고, 강도 흐르고 해야 거기 인간이 깃들여 살 수 있는 것. 인류문명의 발상지가 그런 강을 안은 땅이라는 건 인간의 숙

명적인 조건이 아닌가 싶기도 하다.

샌프란시스코도 정 작가가 인상깊게 여행한 여행지이다. 단순한 여행이 아니라 짙은 인간관계를 맺어가는 과정에 생기는 여행이라 그 뜻이 유다른 여행이다. 나는 국제PEN 미국서부지구 초청으로 LA에 갔다가 거기 멤버들과 함께 샌프란시스코에를 들렀다. 플라워가든 티켓을 끊어 줄을 섰다. 가든 입구에 잘 생긴 흑인가수가 기타를 치면서「샌프랜시스코」노래를 불렀다. 듬직한 체구에 목청도 윤기있는 음색인데다가, 진정을 다해 노래를 부르는 태도에 홈빡 빠져 섰던 줄도 잃고 그 노래를 들었다. 샌프랜시스코에 오시거든 사람들이 머리에 꽃 꽂은 걸 보세요…. 그렇게 시작한 노래는, 가을에 샌프린시스코에 와서 사랑을 하라는 내용까지 어느 도시 하나를 이렇게 노래하는 거 예사롭지 않아 오래 기억에 남는다. 이 노래는 1967년 스코트 매킨지가 취입해서 세계적인 인기를 누렸다. 샌프랜시스코를 다녀와서 나는「다리를 건너는 사람들」이라는 단편을 썼다. 금문교가 사이먼과 가펑클의「험한 세상 다리가 되어」처럼 들렸다. 험한 세상 다리를 건너면서 사람들은 어떤 우습고 애달픈 짓들을 하는가 되돌아보았던 것. 정 작가는 샌프랜시스코에서도 자기 고향 인근의 '심포항'을 환기하고 있다. 고향은 근원적인 향수를 불러

온다. 해서 현대를 '고향상실의 시대'라고 명명한 하이데거를 사람들은 자주 거론한다.

판본에 따라 다르긴 하지만 예수께서 최후에 남긴 말씀이 '다 이루었다' 하는 것이라고 전해진다. 이는 예언이 완결되었다는 뜻이다. 속인들로서는 감히 바라볼 수 있는 경지가 아니다. 괴테의 『파우스트』에서 "멈추어라, 너 정말 아름답구나! Verweile doch! Du bist so schon!" 그렇게 외친 그 순간은 '영원히 여성적인' 천상의 존재가 부단한 싸움 끝에 선 주인공에게 부여하는 승리의 선언이다. 인간에게는 그런 생의 완결감은 감히 넘볼 대상이 아니다. 그래서 죽음을 앞두고 뒷사람들에게 이러저러한 부탁을 하게 된다. 그런 부탁에는 자신의 삶에 대한 평가도 포함된다.

정 작가는 자신의 삶을 이렇게 평가한다. '사랑스러운 너희들을 만나 함께해온 지난 삶을 돌이켜보니 주어진 것에 대한 감사보다는 부족한 걸 채워보려고 부단히 노력해 온 세월이었다.'는 게 자신의 삶에 대한 자평이다. 은혜에 대한 감사보다는 '부단한 노력'을 강조하는 편이다. 성실하게 살았다는 말이다. 이어서 자손들에게 부탁을 한다.

간단히 요약하면 "주님, 성모님의 은총 안에서 '참 행복했었노라고' 먼 훗날 자식들 앞에서도 떳떳하게 회고해 볼 수 있는 삶"을 부탁한다. '생애를 기도와 간구로 주님께 맡기라', '시간의 노예가 되지 말거라. 대신 내면 성찰의 기회를 확보하라.' '원대한 포부가 있다 하더라도 순간순간의 소박한 행복을 소홀히 하지 말아라, 또한 목적을 위해 과정을 경홀히 하지 말아라.' '겸손과 성실, 정직과 신뢰, 지혜와 명철이 유실되지 않도록 끊임없이 내면을 가다듬어라. 사회적 출세보다는 인품의 성공에 초점을 맞추어라. 여운이 아름다울 수 있는 매 순간을 살아 주기 바란다.' 이런 부탁 끝에 '만일 치매에 걸리거나, 나을 수 없는 질환으로 혼미한 상태에 이르거든 인위적으로 생명을 연장하지 말고 하느님께로 쉬이 갈 수 있도록 기도해다오.' 그렇게 글이 죽음의 의미를 사색하는 걸로 마무리된다. 이런 문장을 눈여겨보게 된다.

'내 죽음을 슬퍼하지 말아라. 만나고 헤어지는 섭리는 우주의 질서이니 우리 모두 거기 동참하는 과정이란다.'

이런 깨달음은 정 작가를 시인으로 이끄는 정신적 에너지원이다. 이는 정 작가의 자기 신념의 표상으로 보인다.「11월 장미」라는 시에서 정 작가는 이렇게 자아상을 그리고 있다.

'아마도 너는/ 신께서 아껴두신/ 한 점/ 진하디 진한/ 사랑이었나 보다'

내가 진하디 진한 신의 가호를 받은 존재라는 이 믿음 혹은 깨달음은 보통 사람들이 이를 수 있는 최상의 경지가 아닌가 싶다. 그러나 '최상'이란 말은 어폐가 있다. 인간의 깨달음과 터득에는 한계를 설정할 수 없기 때문이다. 이러할 때는 자신이 한 말도 발로 밟아 놓고 한 걸음 위로 솟구쳐야 한다. 정 작가의 한 단계 무르익은 글을 기다리기로 한다. 기다림은 순정이라 하지 않던가. ✦

가족 간의 사랑보다
더 소중한 것은 없다

정 작가의 장편소설 『사랑과 타인』의 해설을 쓴 인연으로 이번에 시와 수필을 엮은 책의 발문을 쓰게 되었다. 수필을 읽으면서 전북 김제 지방의 사투리를 제대로 흠씬 듣게 되었다. 예컨대 이런 것이다.

"죽신리 다 갈 때까지 신작로에 사람 발자국이라고는 하나도 없드라고. 퇴깽인지 노룬지 신작로 여그저그 짐승 발자국들만 사방으로 나 있는디, 내 원, 첫눈이 그렇게나 많이 온 것은 생전 츰인 것 같여."

"잠포록이 바람도 안 불고 눈이 오글래 괜찮을 줄 알았더니만, 밭 가상으로 몰아 붙인 눈이 허벅지까지 빠지는 통에 함바트라면 큰일 날 뻔혔당게. 그 밭두렁에다 말뚝으로 표를 혀놨으닝게 망정이지, 그때 표를 안 해 놨드라면 허탕 칠 뻔혔어."

눈이 많이 온 날의 아침 풍경에 대해 아버지가 해주신 말씀인데, 정말 실감이 나게 묘사해 감탄사를 내심 연발하게 된다. 어린 날의 지연은 중증의 기관지 천식 환자였다. 첫눈이 펑펑 내린 날, 대문 밖에 나가 잠시 놀았을 뿐인데 쏟아지는 기침 때문에 앉은 채로 새벽을 맞아야 할 만큼 병세가 심했다. 엄마는 지연에게 "네 병은 홍역 끝에 잘 돌보지 못한 엄마 탓이다."라고 자책하였고, 딸의 고질병을 낫게 하고자 기관지에 좋다는 굴비와 수수엿을 사철 마련해 두었다. 결국 먼 훗날 이 병에서 벗어나게 되는데 부모님은 "너 맥인 약을 모두 쌓아놓았다면 산 하나는 될 것이다."라고 말했다고 한다. 이것으로 미뤄보건대 화자의 부모는 자식에 대한 사랑이 지대한 분이었음을 알 수 있다. 사랑을 받은 사람이 사랑을 베풀 줄 안다.

정지연 작가는 슬하에 2남 1녀를 두었다. 아이의 이름을 미카엘, 안젤라, 가브리엘로 지을 정도로 독실한 천주교인이다. 장남이 미대에 들어가는 과정에서 겪은 우여곡절이 「아직도 남아 있는 한 획」에 잘 나타나 있는데 학생과 학부모를 힘들게 한 지방의 대학이 어디인지, 학교명이 궁금하다.

둘째 안젤라와의 정감 넘치는 에피소드는 사위가 미국에서 학위를 받을 때 워싱턴에 가서 딸과 떠났던 2박 3일의 나이아가라 폭포 여정에 오롯이 담겨 있다. 레인코트를 잃어버린 것이 못내 아쉽지만 다른 사람이 잘 입으리라 생각하고는 마음을 달래는 것이 신앙인답다.

어린 막둥이 가브리엘을 잃어버렸다가 찾는 과정을 회상하는 「막둥이 군대에 가는 날」은 긴박감이 넘친다. 이들 수필을 보면 작가가 자식을 제대로 가르친 모범적인 어머니상을 갖고 있었다는 것을 알 수 있다.

네 자매의 우애가 얼마나 돈독한지, 「네 자매」와 「물 피리가 있는 고향」을 읽으면서 감탄했다. 형제간에 사이가 좋은 것이 당연한 것 같지만 현실에서는 결코 쉽지 않은 일이다. 서로 양보하고 배려하는 마음들이 참으로 포근하기에 수필을 읽는 내내 가슴이 따뜻해져 옴을 느꼈다. 학창시절의 은사님을 모시고 동창회를 내장산에서 갖는 것에서도 정 작가의 짙은 인간애를 느꼈다. 중국 장가계 여행 중에 가마꾼 소년에게 팁을 주지 않은 것을 후회하는 것도 그렇고, 미대를 가고 싶어 한 수험생의 아버지에 대한 안쓰러움도 그렇고,

정지연 씨는 동정심이 많은 분이다. 여기에 보태어 미국에 사는 아라 어머니와의 우정도 그렇고 샌프란시스코에서 만난 이웃들과의 관계도 그렇고, 참 정이 많은 분임을 이번에 알게 되었다. 2008년에 냈던 장편소설『사랑과 타인』의 주제도 가족 사랑이었다.

이 책의 대미를 장식하고 있는 수필「흙으로 가는 아름다운 여행」은 모든 지인과 이 세상에 대한 작별인사 같아서 마음이 짠해진다.

나는 오래전부터 죽음을 위해 기도했다. 만일 치매에 걸리거나, 나을 수 없는 질환으로 혼미한 상태에 이르거든 인위적으로 생명을 연장하지 말고 하느님께로 쉬이 갈 수 있도록 기도해다오. 그것이 진정 이 어미에게 효도하는 일이다. 먼 길 떠날 때 신부님으로부터 종부성사를 받게 된다면 더 바랄 게 없으리라.

수많은 생물과 무생물, 손때 묻은 서적들, 뭇 별들과 한 줄기 바람, 높이 뜬 구름에도 인사를 하고 싶구나. 그들이 나에게 얼마만큼 소중한 빛이었는지, 풍요와 기쁨을 안겨주었는지에 대해서는 굳이 말하지 않으마. 형제자매의 한량없는 사랑, 다정했던 이웃들, 오랜 벗과의 정회도 돌아볼수록 감사하고 따뜻하다.

　자신의 가족은 물론 이 지상의 모든 생명체와 사물에 대해 작별을 고하고 있다. 눈물겨운 대목이 아닐 수 없다. 인간은 유한자이므로 때가 되면 모두 죽는다. 전쟁을 일으켜 남의 목숨을 빼앗은 자도 죽는다. 우리가 모두 유한자임을 자각하면 범죄도 이렇게 많이 일어나지 않을 것이다. 욕망에 눈이 멀어 범죄를 저지르는 사람이 오래오래 살 거라 생각하지만 길어봤자 몇 십 년 되지 않는다. 정 작가는 감사하는 마음으로 하느님의 뜻에 순명할 생각으로 이 글을 썼고, 이 책을 내는 것이리라.

　앞쪽에 실려 있는 70편의 시에 대해서는 사실상 별로 할 말이 없다. 시가 아주 쉽기 때문에 해설을 하면 그 말 자체가 독자의 이해를 방해하는 췌언이 될 것 같다.

　시도 대체로 수필과 마찬가지로 유년 시절을 회고하는 내용, 자연과의 친화, 신앙심의 표출, 생활의 발견, 고향에 대한 그리움, 가족에 대한 사랑, 생명체에 대한 연민, 국내 여행의 여적(餘滴) 등을 소재나 주제로 하고 있다. 어떤 시는 차분하고 어떤 시는 유쾌하다. 어떤 시는 촌철살인을 지향하고 어떤 시는 심사숙고를 지향한다. 그런데 시들이 대체로 아주

쉽기 때문에 독자가 읽고 그대로 느끼면 될 것이다. 70편 가운데 시인을 논한 시가 있어서 짧게 언급할까 한다.

우주에 시 들고
시 속에 우주 들어
시인의 마음은
천국이로다.

「시인의 삶」이란 시의 전문이다. 우주에 시가 들고 시에 우주가 드니 우주와 시가 크게 다르지 않다. 시인은 마음에 우주를 품을 수 있으니 시인의 마음은 천국이라고 한다. 이 시를 보니 영국의 낭만파 시인 윌리엄 블레이크의 「순수의 전조」의 앞부분이 생각난다. "한 알의 모래에서 세상을 보며/ 한 송이 들꽃에서 천국을 보라/ 그대 손바닥 안에 무한을 쥐고/ 찰나 속에서 영원을 붙잡아라"는 구절과 일맥상통하는데, 정지연의 시가 바로 인간과 자연을, 순간과 영원을, 삶과 죽음을, 세속과 초월을 통합하고자 한다.

정 작가는 이제 자신의 나이도 있으므로 이번 책이 마지막이 될지 모른다는 생각에서 「흙으로 가는 아름다운 여행」을 책의 제일 뒤쪽에 배치했겠지만 100세 시대라고 한다. 앞으로 최소한 시집 1권, 소설집 1권, 수필집 1권씩은 더 낼 수 있을 거라고 생각한다. 그런 의미에서 이번 책은 새로운 문학적 여정을 위한 이정표의 역할을 한 것으로 간주한다. 더욱 활발한 집필 활동을 기대한다. ✏

정지연 시, 수필

발자국에 피는 꽃

1쇄 발행일 | 2024년 06월 25일

지은이 | 정지연
펴낸이 | 윤영수
펴낸곳 | 문학나무
편집 기획 | 03085 서울 종로구 동숭4나길 28-1 예일하우스 301호
이메일 | mhnmoo@hanmail.net

출판등록 | 제312-2011-000064호 1991. 1. 5.
영업 마케팅부 | 전화 | 02-302-1250, 팩스 | 02-302-1251
ⓒ 정지연, 2024

ISBN 979-11-5629-175-6 03810